国家出版基金项目
NATIONAL PUBLICATION FOUNDATION

浙江师范大学非洲研究文库
非 洲 人 文 经 典 译 丛
总 主 编 洪　明　刘鸿武
副总主编 胡美馨　汪　琳

蝴蝶
燃烧

Butterfly Burning

Yvonne Vera

[津巴布韦] 伊旺·维拉 著

桂文泆 译

浙江工商大学出版社 | 杭州
ZHEJIANG GONGSHANG UNIVERSITY PRESS

图字:11-2019-90号

图书在版编目(CIP)数据

蝴蝶燃烧 / (津巴)伊旺·维拉著;桂文泱译. —杭州:浙江工商大学出版社，2019.11

(非洲人文经典译丛 / 洪明,刘鸿武主编)

书名原文:Butterfly Burning

ISBN 978-7-5178-3472-4

Ⅰ. ①蝴… Ⅱ. ①伊… ②桂… Ⅲ. ①长篇小说—津巴布韦—现代

Ⅳ. ①I475.45

中国版本图书馆 CIP 数据核字(2019)第209148号

蝴蝶燃烧
HUDIE RANSHAO

[津巴布韦] 伊旺·维拉 著

桂文泱 译

出 品 人	鲍观明
策划编辑	姚 媛
责任编辑	姚 媛　徐 佳
封面设计	林朦朦
封面插画	张儒赫　周学敏
责任印制	包建辉
出版发行	浙江工商大学出版社
	(杭州市教工路198号　邮政编码310012)
	(E-mail:zjgsupress@163.com)
	(网址:http://www.zjgsupress.com)
	电话:0571-88904980,88831806(传真)
排　　版	杭州朝曦图文设计有限公司
印　　刷	杭州高腾印务有限公司
开　　本	880mm×1230mm　1/32
印　　张	5.5
字　　数	103千
版 印 次	2019年11月第1版　2019年11月第1次印刷
书　　号	ISBN 978-7-5178-3472-4
定　　价	32.00元

"非洲人文经典译丛"
编委会

　　本书的版权购买和翻译出版获浙江师范大学外国语学院学科建设经费、浙江省"2011协同创新中心"非洲研究与中非合作协同创新中心支持。

总　序

　　非洲文学作为世界文学的重要组成部分，既拥有灿烂的口头文明，又不乏杰出的书面文学，是非洲不同群体的集体欲望与自我想象的凝结。非洲是个多民族地区，每个民族都有自己的语言。仅西非的主要语言就有100多种，各地土语尚未包括在内。其中绝大多数语言没有形成书面形式，非洲口头文学通过民众和职业演唱艺人"格里奥"世代相传，内容包罗万象，涵盖神话传说、寓言童话、民间故事、历史传说等，直到今天依然保持活力。学界一般认为非洲现代文学诞生于19世纪末20世纪初，五六十年代臻于成熟，七八十年代形成百花齐放的局面，迎来了非洲文学繁荣期。这一时期的一大特点是欧洲语言（英语、法语、葡萄牙语等）文学与非洲本土语言（阿拉伯语、斯瓦希里语、豪萨语、阿非利卡语、奔巴语、修纳语、默里纳语、克里奥尔语等）文学并存，有的作家同时用两种语言写作。用欧洲语言写作是为了让世界听到非洲的声音，用本土语言写作是为了继承和发扬非洲本土文化。无论使用何种语言创作，非洲的知识分子都在奋笔疾书，向世界读者展现属于非洲人民自己的生活、文化与斗争。研究非洲文学，就是去认识非洲人民的生活历程、生命体验、情感结构，认识西方文化的镜像投射，认识第三世界文学、东方文学等世界经验的个体表述。

　　20世纪末，世界各地的图书出版业推出各区域、各语种"最伟大的100本书"，如美国现代文库曾推出"20世纪最伟大的100部英语作品"，但是其中仅3部为非裔美国人所创作，且没有一位来自非洲本土。即便是获得20世纪诺贝尔文学奖的非洲作家也榜上无名。在过去百年中，非洲作家用不同的语言，以不同的形式和风格，创作了不同主题的作品。尽管这些作品被翻译成多种语言在世界各国出版，但世界对于非洲文学的独创性及其作品仍是认知寥寥，遑论予其应有的认可。在此背景下，在出生于肯尼亚、现任纽约州立大学宾汉姆顿分校全球文化研究所所长的阿里·马兹瑞（Ali Mazrui）教授的推动下，评选"20世纪非洲百部经典"的计划顺势而出。津巴布韦国际书展与非洲出版网络、泛非书商联盟、泛非作家联盟合作，由来自13个非洲国家的16名文学研究专家组成的评委会从1521部提名作品中精选出"百部"经典，于2002年在加纳公布了最终名单。这可以说是迄今为止最权威的、由非洲人自己评选出来的非洲经典作品名单。

　　细读这一"百部"名单，我们发现其中译成中文的作品只有20余部，其中6部为诺贝尔文学奖获得者所著，11部在20世纪80年代（含）之前出版。许多在非洲极具影响力的作家不为中国读者所知，其作品没有中文译本，也没有相关研究成果。相对欧美文学、东亚文学，甚至南美文学，非洲文学在我国的译介与传播远远不足。

　　非洲文学在我国的译介历史可追溯至晚清，但直到20世纪50年代才真正起步。这既有文化方面的原因，也有政治方面的原因。非洲虽然拥有悠久的口头文学历史，但书面文学直到殖民文化普及才得以大量面世。书面文学起步晚，成熟自然也晚，在我国的译介则更晚。中华人民共和国成立以后，非洲国家逐渐摆脱殖民枷锁，中非国家建交与领导人互访等外交往来带动了20世纪五六十年代的非洲文学翻译热潮。当时译入的大部分作品是揭露殖民者罪恶的反殖民小说或者诗歌，这和我国当时的意识形态宣传需求紧密相关。70年代出现了一段沉寂。自80年代起，非洲数位作家获诺贝尔奖、布克奖、龚古尔奖等国际文学奖，此后，非洲英语文学、埃及文学逐渐成为非洲文学译介的重心。进入90年代以后，我国学界开始从真正意义上关注非洲文学的自身表现力，关注非洲作家如何表达非洲人民在文化身份、种族隔离、两性关系、婚姻与家庭等方面的诉求。非洲文学研究渐有增长，但非洲文学译介却始终不温不火，甚至出现近30年间仅有2部非洲法语文学中译本的奇特现象。此外，我国的非洲文学译介所涉及的语种也不均衡。英语、阿拉伯语文学的译介多于法语、葡语文学，受非洲土语人才缺乏的局限，我国鲜有非洲本土语言创作的作品译本。因此，尽管非洲文学进入中国已有数十年，读者对其仍较为陌生，"非洲文学之父"阿契贝在我国的知名度也远不及拉美的马尔克斯、博尔赫斯。

不了解非洲文学，就无法深入理解非洲文化，无法深入开展中非文化交流。2015年初，浙江师范大学外国语学院策划了"20世纪非洲百部经典"译介工程，并计划经由翻译工作，深入解读文本，开辟"非洲文学研究"这一新的学科发展方向。经过认真研讨、论证，学院很快成立了"非洲人文经典译丛学术组"，协同我校非洲研究院，联合国内其他高校与研究机构，组织精干力量，着手设计非洲人文经典作品的译介与研究方案。学院决定首先组织力量围绕"20世纪非洲百部经典"撰写作家作品综述集，同时，邀请国内外学者开办非洲文学研究论坛，引导学术组成员开展非洲经典研读，为译介与研究工作打好基础。

2016年5月，由我院鲍秀文教授、汪琳博士主编的近33万字的《20世纪非洲名家名著导论》出版。这是30余位学者近一年协同攻关的集体智慧结晶，集中介绍了14个非洲国家的30位作家，涉及文学、社会学、人类学、民俗学、哲学等领域。同年5月，学院主办了以"从传统到未来：在文学世界里认识非洲"为主题的

"2016全国非洲文学研究高端论坛"，60余名中外代表参会。在本次会议上，我们成立了"浙江师范大学非洲文学研究中心"——这也是国内高校第一个专门从事非洲文学研究的研究机构。中心成员包括校内外对非洲文学研究有浓厚兴趣且在该领域发表过文章或出版过译作的40余位教师，聘任国内外10位专家为学术顾问，旨在开展走在前沿的非洲文学研究，建设非洲文学译介与研究智库，推进国内非洲文学研究模式创新与学科发展。

与此同时，我们从百部经典名单中剔除已经出版过中译本的、用非洲生僻语言编写的，以及目前很难找到原文本的作品，计划精选40余部作品进行翻译，涉及英语、法语、阿拉伯语、葡萄牙语与斯瓦希里语等多个语种，将翻译任务落实给校内外学者。然而，译介工程一开始就遇到各种意想不到的困难。仅在购买原作版权这一环节中，就遇到各种挑战。我们在联系版权所属的出版社、版权代理或作者本人时，有的无法联系到版权方，有的由于战乱、移居、死后继承等导致版权归属不明，还有的作品遭到版权方拒绝或索要高价。挑战迭出，使该译介工程似乎成了"不可能完成的任务"。但我们抱着"20世纪非洲百部经典值得译介给中国读者"的信念，坚持不懈，多方寻找渠道联系版权，向对方表达我们向中国读者介绍非洲文学和文化的真诚愿望。渐渐地，我们闯过一个又一个看似不可能闯过的难关，签下一份又一份版权合同，打赢了版权联系攻坚战。然而当团队成员着手翻译时，着实感受到了第二场攻坚战之艰难。不同于大家相对较为熟悉的欧美文学作品，中国读者对非洲文学迄今仍相当陌生，给翻译工作带来巨大挑战。在正式翻译之前，每位译者都查阅了大量资料，部分译者还远赴非洲相关国家实地调研。我们充分发挥学校的非洲研究优势，与原著作者所在国家的学者、留学生，或研究该国的非洲问题专家合作，不放过任何一个疑惑。译介团队成员在交流时曾戏称，自己在翻译时几乎可以将作品内容想象成电影情节在脑海里播放。尽管所费心血不知几何，但我们清楚翻译从来都不可能尽善尽美，译文如有差错或不当之处，我们诚挚邀请广大读者匡正，以求真务实，共同进步。

在中非合作越来越紧密的今天，人文领域的相互理解也变得越来越迫切，需要双方学者进行全方位、多角度、深层次的系统研究。我们希望在中国文化走向非洲的过程中，也将非洲经典作品引介给中国读者。丛书的出版得到了浙江师范大学非洲研究院的大力支持，长江学者、院长刘鸿武教授是国内非洲研究领域的领军学者，对本项目的设计、推进提供了十分重要的指导意见，王珩书记也持续关心工作的进展。杭州电子科技大学非洲及非裔文学研究院院长谭惠娟教授在本项目设计之初就给出了宝贵的指导意见。借此机会，我代表学院向他们一并表示衷心的感谢！

"非洲人文经典译丛"的出版是我们在非洲文学文化研究的学术道路上迈出的第一步。随着我们对非洲人文经典作品的译介和研究的深入，今后将会有更多更好的成果与读者见面。谨希望这套丛书能够为中国读者了解非洲文化、促进中非人文交流尽一份绵薄之力。

浙江师范大学外国语学院院长

洪　明

2017年12月于金华

献给特瑞·热吉尔

致诚挚的友谊和信任

目 录

一

片刻暂停。殷切期盼。

情侣们用手工制作的吉他弹着副歌；他们肩膀柔软，拳头有力，冷漠地拥抱着。鸟儿停歇在倾斜的石棉屋顶上歌唱。蝴蝶在废弃的凤头牌自行车车铃上翩翩起舞。

空气中回荡着镰刀割草的声音，阳光下黑人们在路边弯着腰喘着气，吐着烟，哼着调子和摇篮曲。他们穿着破烂的白色短裤、短袖上衣，光着脚。他们抓住草使劲拉，手掌有刺痛感，右手拿起镰刀一划，左手使劲往身边一拉，一扯，草就断了。他们把草放在左肩上，让它们远离眼睛。汗水像蜂蜜一样滴落在坚实的胳膊上，他们扯着、拽着、拔着草。他们设法把草根拔出地面，似乎要释放某种东西，征服一种固执，看看下面是什么，触摸鲜活而有形的事物。强烈的阳光映衬着镰刀锋利的曲线，沿着银色镰刀旋转、闪烁着。他们手臂的动作敏捷，快速划过草丛。

高高的草丛包裹着他们弯曲的身体，盖过微弓的肩膀，赤裸的胳膊上沾满了一串串干燥的种子。草晃动着，又薄又滑，颜色灰暗。草在炽热的空气中不停地摇摆。种子又轻又瘪，像被烤过的小昆虫。种子表面粗糙、扁平，落下来，飘入厚厚的草丛中。

他们的眼神、胳膊挥舞的动作，甚至整个身体做出的每一个动作都小心翼翼。手掌上流着新鲜的草液。他们总是眉头紧锁，反感这种行为或那种行为，反感对不作为的忏悔，反感每一段不被理解的记忆。这也许是一种沉默，或某种近在咫尺的、让人期待但尚未完成的东西。他们等待着。

他们灵活的胳膊不情愿地转动着，与金黄色的草的闪亮缨子融为一体，草根仍然是绿色的，像新生的事物一样牢牢地抓住泥土。他们的胳膊穿过每个荆棘丛，然后收回，像在织布。这种小心翼翼的动作像在跳舞，每个动作如希望般升起然后结束。自由了，一次又一次地敲打，轻快地抓住，然后完全释放。草倒下。一茬，一茬，又一茬。它倒在每一个弯曲的身体附近。草在他们的脚下，他们踩着它去够更高更难割的草。他们漠然地抱着草，时刻注意让眼睛远离缨子。他们把草摊开，轻巧地躲开倾洒而下的干燥种子。男人们砍着草，扯着草。砍呀扯呀。他们弯下腰，砍呀扯呀。唱歌是必不可少的。

他们割着草，将草铺平，直到太阳变成金黄色，光芒照在他们疲惫的胳膊上，此时天空黯淡，一切是寂静的，阳光洒到草上，他们上下扔着草，极其疲劳。草在他们腋窝下绝望地发出嗖嗖的声响，擦伤了他们的肘部，这种声响渐渐变成一支微弱的曲调，太阳逐渐落下，显得黯淡无光，每一把草都变成了鲜明的剪影——被掌控的倔强的影子。

他们把草拧在一起，卷成一大团，堆成几堆，放在一起堆成大草垛，第二天再运走。他们光着脚，磨着地面上星星点点的草茬，草茬像针一样突起，那里的草完全干了，如锋利的荆棘般扎脚。他们适应了这让人气馁的挑战，发现了让人欣喜的裂缝和空旷的泥坑，这些地方的草被连根拔起，土壤也被翻过来了。他们把脚放在这些安全的地方，脚后跟感受到泥土的温和。这工作不是他们自己的：他们是被召唤而来的。时间不是他们的：时间被窃取了。痛苦却是他们自己的。他们不停地劳作，在没有防备饥饿和惊讶的时候，他们把命运误认成时运。

音乐可以治愈他们，而且治愈之力和谐又迅猛持久。音乐回荡着，就像沉甸甸的果实挂在低矮松散的树枝上，果实随着风的吹动触摸地面——他们称之为奎拉舞曲。这是音乐沸腾的时刻，声音忽近忽远，忽大忽小，活泼生动。在音乐中，他们翱翔于云朵之上，沉入水中的石头之下。最终树枝折断，果实开裂，破壳而出，果实的味道无可媲美。

这就是奎拉舞曲。拥抱已经做出的选择。决定哪种情形被省略，哪种被释放，哪种被声明，哪种被标记、推崇和拥有。眼睛闭上时很美；一只手合拢，一段记忆消失。"奎拉"的意思为爬进正在等候的警车。这个词现在已经完全可以用于表示做了奇妙的事情。它的内涵扩大了，包括拒绝、厌恶、投降、妒忌、充满渴望。

恋人们会不断培育希望，直到它破灭。他们总是为某种事物所伤害：一个词、一种希望、一种可能性。毕竟，他们被铁丝网困住。他们其中一部分人会钙化、被榨干、衰落，却没有任何人注意到或发出警报。

布拉瓦约就是这样的城市，马科科巴镇坐落其中，奎拉舞曲经历一次又一次残酷的变幻后，被不断创新。西多日韦E2是马科科巴镇最长的街道，它虽然充满了各种各样绝望的创伤，却活力四射。布拉瓦约虽然只有五十年的历史，却充满奇异；活着就是一种安慰。

布拉瓦约不是一个懒惰的城市。黑人们想在裂缝中生存。他们未被注意到，其他人也察觉不到他们，他们只是提供各种服务，任务完成时就会消失。所以黑人们知道如何快速横穿城市，而且不引起过度的注意，他们低头沿着墙走，行走时不让影子比身体更明显或者身体比影子更明显。他们依靠某种掩饰性的现实手段隐藏自己——他们倚靠在墙上，生活在谎言中，依赖音乐。人总是会陶醉在一首歌里。

黑人们在城市里行走，没有走人行道，因为他们被禁止进入人行道。这让人举步维艰，但他们设法爬到目的地，隐藏在雨伞和太阳帽下，前辈留传下这些物品正是出于这一目的，他们在公交车站也能发现被遗弃的雨伞和太阳帽。

他们理解这些限制，也感受到体内不断增长的欲望。他们的身体向往飞行，不想屈服，他们只需迅速平缓地跨越限制，无须引起他人的注意。他们经常这样做而且做得很好。

毕竟是他们为保持路面干净清扫了整个城市。白人在烟雾缭绕的酒馆寻乐，酒馆门再次打开，关门之前能短暂地听到一些声音。此时出于谦卑和顺从，黑人们有责任扶起摔倒在人行道上的白人男性。他们帮助白人站直，避免其丢人现眼，然后带白人坐进黑色轿车。随后他们往人行道上吐口痰，继续前行。

他们回到马科科巴时，在西多日韦 E2 街道上随处可以听到奎拉音乐。他们双脚感到自由。敌意太重，无法放弃。他们在狭窄的贫民窟中寻找激情，抚慰孤独。人们抽着快烧尽的烟蒂，指甲呈尼古丁色，哀怨的恋人们快乐地释放着。他们一起行动，做出各种各样的行为——打架、逃跑、投降。区分总是不明显，界限不断扩大。奎拉音乐是能够让人互相理解的交响曲，其中也夹杂着绝望和混乱。贫穷战胜纯真。在这样的时代，一首歌就是一次喘息。

在睡眠中死去。不是一次，而是几次。从半透明的商店橱窗投射的图像中逃离。然后，再一次，睡觉。之后，暂时决定不屈服。然后又同意。

奎拉舞曲让你面对自己的灵魂。任何让人自豪的事都会在这种空虚中被遗忘。背弃声明；失去恋人；身体尽可能站着；扔着石头；膝盖下跪，警棍落在脖子和肩膀上。奎拉舞曲。爬上。移动。转动或扭曲，或……移动。不允许停顿，不奢望恩赐。奎拉舞曲。砍呀扯呀，弯腰呀。唱歌是必要的。

一个混乱的夜晚，沿西多日韦E2巡逻的警车让睡觉中聆听音乐的人停止歌唱。自由、独立、生存，无惧飞行或停滞。这座城市跳动着欲望的脉搏。有些事情可以恢复，必须恢复，即使它们现在已经磨损或被撕碎。某人可能已经拥有它们，但必须放回原处。如果没有自由，那就要有韵律。

耐心被遗弃，其他事情显现：眼睑抬起，握手，手指断裂。然后在高大的树木下慢慢地求爱，这棵树将红色屋顶的警营与其他房屋分开。这些树是从遥远的地方移种过来的，似乎不需要水，如果需要水，它们的树根会伸向深处，不管泥土多么坚硬。不用考虑它们是否缺乏柔软的土壤，或缺少可饮用的雨水。

恋人们在这些树下站着，显得很痛苦。一张张银白色的树皮卷曲着，周围都是落下的稀薄的针叶，分叉的树根裸露在泥土外。枯叶牢牢保留一丝绿色，不愿从树上落下。果实硬壳张开，干枯。荚果崩裂，黑色的圆形种子弹到地面。种子的表面坚硬，呈现灰色纹路。

这些树很高，牢不可破。它们看起来好像由手工打造，历史久远。浓烈的香味从树的底部散发出来，也许是从树根散发出来，就像一个逝去的梦。美丽的、珍贵的、值得记忆的气味像雾一样飘散、消失。树的生命强大，香味却短暂，这使寻找爱情变得更加美好。在夜晚的月光下，歌词、欢乐的曲调、命运和距离共鸣。恋人们沉浸在完美无瑕的梦中。奎拉舞曲包含叫得出名或叫错名的许多和声。夜幕降临。

白天，大胆豪放的奎拉舞曲被不断播放着。没有分离或不和的现象。有些人在打架，掌掴、鞭打，播放更多的奎拉舞曲。破烂的皮鞋磨着水泥地。柏油在烈日下融化，仿佛刚刚被铺开。干净的小巷弥漫着秘密和恶臭，隐藏着每个人丢弃的废物——被浪费的时间、被遗弃的爱情、被丢弃的物件。

时间像投掷的硬币一样快速地翻转，每天都光彩夺目，惊奇层出不穷。一天中如果听说有小偷跨过西多日韦E2街道的篱笆，正午听到市中心自行车的铃声，都不足为奇。铜币掉落路面发出叮当的声音，凌晨，他们匆匆走出空荡荡的城市酒馆，酒馆上挂有"黑人不得入内""仅限白人""打烊"的标志，"打烊"标志的另一面是"营业"标志，华丽的门把手上挂着"打烊"标志，外面……

音乐响起。

二

无法听见溺水者的声音。

溺水者在低语中死去。他们在无限的孤寂中死去。微风徐徐，他们的身体浸没在水中。他们的身体开始沉没，然后漂浮起来。他们的脸漂浮在水面，胳膊和嘴唇沉入水中。没有什么能让他们死而复生。他们的皮肤比空气还轻。即使他们所有的感官都已失效，他们还是可以看见。他们没有瞎。他们有看穿水中每个微粒的天赋。他们在水中呼吸。他们寻求飞行，身体比雨滴还轻。一具尸体漂浮到岸边。一切都变得沉重，尸体被掩埋后开始腐烂、干枯，然后烧成灰烬。

这些人的尸体整日整夜悬挂在树上。月亮照着他们，他们身上就像罩着一层轻烟，烟雾螺旋上升，他们的皮肤逐渐融化。树干被遮住了，显现出强壮的树枝，没有秘密，可以看到双臂挂在树枝上的残缺的尸体。树枝向下弯曲。有些尸体离地面很远，有些离地面很近。狂风呼啸，十七具男性尸体被吹到树枝上。

夜晚。薄雾如奢侈的眼泪般升起，笼罩着这些男性尸体。他们是泳者，在薄雾中被拉上树，然后被拉下，像浮木一样。没有双臂的泳者漂浮着，然后下沉。他们沉入一棵已经变成光之湖的树中。他们的眼睛没有闭上，空洞无神，如同小孩存放鹅卵石的洞。他们双手手掌相对，夹在大腿之间。

这些尸体在树上待了几天。他们的腿被绑在一起，双手贴着肚子。脚趾向下弯曲，好像身体即将跳跃到安全的地方。脚像拳头一样弯曲，脚趾朝下，像离开地面的舞者的双脚。他们以为空中很自由，但还是被抓住，他们对此感到惊讶。舞者的四肢光滑而紧绷，伴着一首没有歌词的歌。他们拒绝跳舞。风中的花朵。黑暗中的挽歌。

早上阳光强烈，更凸显出他们的体形。太阳照射在每个人的肩膀上。再也看不见绳子了。他们站在空中，头往下看。死去的人似乎活着，不再漂浮。他们一动不动地站着，火焰在他们的脸上、额头上和断了的脖子上闪烁着。赤裸的肩膀平静而缄默，整个身体僵硬得无法被唤醒。大地太寂静了。死者仍死；活着的人如同死亡，困惑不已。

清晨，树枝吸收着让人欣喜的光，荚果破裂，释放出大量的白色绒毛种子，这些种子飘向死者，像夜虫的辉光一样亮。它们飘过静止的肩膀，掉进河里。荚果静静地裂开，就像一颗将死的心。

他们不是人，而是影子。他们是剪影。他们一直在那里，直到绑着他们的绳索随着骨肉腐烂而变松，像万物一样变软、腐烂，也许是脖子在绳索面前变得柔和，尸体俯冲下来，躺着没人注意。

鸟儿与尸体一起落下。

这个地方不盛产大树。这棵树，就像这些人的死亡，是一个惊喜。一年四季，乌姆古扎河每天早晨都会唱着摇篮曲，远离乌姆古扎河的地方没有一棵树。它是一条河，水沿河床流动。在干旱的季节，水位低，水呼呼流过岩石。地面干涸，丝丝细雨过后，青草冒出地面。

越过这棵奇树的树梢，越过乌姆古扎河，黎明时分，女人们高声哀悼十七名男子和数千名男子。她们对殖民者的抵抗已经停止了。她们在哭泣，但是没有人听到她们哭泣。夜晚，在熊熊燃烧的火焰中，她们倾听着男人们的心跳。她们被告知不能触摸尸体。她们没有悲伤。如果被谋害的人没有送还给活着的人，这样会更好，因为活着的人没有死亡。女人们没有诉说她们的男人的最重要的细节。她们双手空空接受上天的召唤，她们给每个孩子改名，活着的和未出生的孩子。她们为死去的男人们找到新的名字，在白天呼唤他们的新名字。然后一切都变了；一切都是新的。她们不再提及她们的男人。

妇女们在树下向上望去，树上的树枝离地很远。男人们的双手空空如也，双臂也空空如也，身体也空空如也，除了他们来时绑在身上的链条留下的印记。他们在树下排成一排等候，尽管身上有链条，但他们的腿保持平稳，眼睛清澈而平静。他们被安全地放置在树荫下，仿佛他们需要最后的安慰。上面，空绳悬挂，一圈圈又重又结实的绳子，总共有十七圈，绳子下垂着，十七名赤裸的男人躺在地上。他们等待着，套在绳圈里。

生命已被耗尽。生命像树根一样被拔离身体。当一个人从树上掉下来却仍在呼吸时，绳结就会慢慢地松开。他会再一次被拉离地面，被拽回到树枝上。一个人可以不止一次被绞死。首先，他看着自己死去。他死了好几次。然后，有东西砸在他头上，他的信仰比生命还轻，像一缕火焰一样。只要一个完美的绳圈就可以绞死一个人。然后，死亡快速而又突然。在死之前，沉默。一次残暴的触碰终结了生命。一根绳子。一棵树上吊着的囚犯们。

死亡像爱情一样亲密。梵巴萨想起了他的父亲——十七名死者之一，也是他不断寻找的一个影了。1896年4月，梵巴萨出生了。同年，他的父亲被处以绞刑。梵巴萨就这样诞生了，手紧紧抓住一个看不见的真相。生死相交时出生与死亡没有什么区别；就像翅膀扇动时的形状和无形的空气。孩子天生就有一个属于自己的秘密，然而秘密被隐藏了。梵巴萨的小手张开，放在母亲的大腿上。母亲说话像射箭一样快。梵巴萨的手掌滚烫，好像到处都是被盐灼伤的伤口，他想要合起手来。他合起手掌。他母亲说的话都紧握在他的手掌中。一颗种子可以孕育十七个甚至一千多个生命。

他十四岁那年，母亲一大早叫醒他，他们一起走过乌姆古扎河。河流蜿蜒地流过岩石和荆棘丛。不远处，他们看到烟雾笼罩着整个市中心，清晨，他们听到喧嚣声和火车紧急刹车的声音。在长途跋涉中，母亲一言不发。最后，她与他站在一棵大树下，他以前没有看过这棵树，她低语道："梵巴萨……"梵巴萨不确定是否要应答，她好像叫着不在那里的人，那是她心中久存的记忆。"梵巴萨……"母亲的声音在空气中寻找，她绕着树走着。梵巴萨不确定是应该跟着她还是待在原地，直到她找到了埋在树根里的秘密。她以前还没有他时，来过这里。母亲再一次叫他，声音很不耐烦，他看到她胳膊颤抖，眼睛冒火，梵巴萨才知道她期望自己紧紧跟着她。梵巴萨的出生是死亡的见证，是对生命的承诺。她希望梵巴萨知道他与过去的联系。梵巴萨的父亲在树上被绞死。他到处寻找，没有找到死亡的迹象。母亲继续在寂静的风中低语他的名字。梵巴萨不是他父亲的名字。梵巴萨想知道父亲的名字。但是他不能问一个死人的名字。他不敢打扰。只有死人才能获得名字，获得自由。他的父亲已经消失了，变成液体浸入地面。

睡梦中，梵巴萨淹没在十七个男人的死亡中。每天晚上，他听到一群黑漆漆的鸟从空中飞下来，撕扯他们的尸体，直到他们的灵魂离开尸体。这些鸟以死者为食，让他们从永恒的沉默中解脱出来。这些人借鸟儿说话，声音流利。天空中乌云密布，大雨滂沱。乌姆古扎河洪水泛滥。孩子们溺水了，因为他们对洪水中的河流一无所知。他们走入水中，好像河流是一条闪闪发光的石头河，当水不再抵抗时，他们怯懦的脚已被水迷住。孩子们跳进河里，身体像木头一样顺流而下。树干周围有旋涡，男人们就死在这棵树上。我们无能为力，拯救不了死者。如果他们醒来，他们的生命会再一次完整吗？

一辆货车在西多日韦E2街道飞驰而过，声音惊醒了梵巴萨。一个囚犯。他的父亲是一个陌生人。

1946年，像以前一样，他等待着。

三

在西多日韦E2街道上，孩子们坐在空荡荡的、生锈的金属油桶上，讨论着沿尤卡瓦路行驶的轿车，这是一条柏油路，看不见尽头。但他们看到了彩虹。

孩子们看着金属反射出来的强烈的光，敬畏地读着轿车车牌号，经常惊讶地看着目光缠绵和仓促涌现的白人。白人们犹豫不决地朝他们挥手打招呼。

孩子们不情愿地挥手回应，赶紧擦亮捏在拇指和食指之间的瓶盖，直到墨水全部流出，指甲下露出纯银。孩子们用危险的小碎玻璃刮掉墨水，其间他们要顾虑朝他们驶来的轿车。

孩子们吹掉手上的红蓝油漆片。其中一些漆片仍然顽固地粘在手上，他们用粗糙破烂的衣服漫不经心地擦去这些漆片。

孩子们向空瓶子快速地吹着温暖的气息。瓶子发出尖啸声。

如果一阵强风吹来，孩子们会跑进西多日韦E2街道，把瓶子平放在手掌上，朝着风的方向举起来。然后，他们站在一旁，平躺在铁丝网做的栅栏上。音乐从瓶中响起，是简短而又令人惊奇的插曲。孩子们共同努力制造出一个可以凑合听的旋律。通常，这样的做法不会响起音乐，他们却如实地重复着这种做法。

装橄榄油的磨损的空盒子也能发出吉他声。用木瓜树干能制造出长笛声。当孩子们举起木瓜树长笛时，他们必须容忍白色的汁液流到嘴唇上。汁液逐渐干涸。这种汁液使嘴唇灼热。

接下来，孩子们捡起一把破烂的旧雨伞骨架，撑开伞骨遮太阳，好像他们已经找到了独立的理想的栖身之所。他们在伞下挤作一团，假装大雨落下，破烂的衣服现在都湿了。孩子们弯下腰来，浑身湿透，擦去额头上渗出的水，然后把湿淋淋的胳膊夹在胸前，尽量在这场倾盆大雨中保持暖和。其中一个孩子直立着握住伞柄。孩子们举目望向空旷的天空：天几乎不下雨。

轿车司机带着好奇的目光，驱车前行，打破寂静，驱散让人伤痕累累的雨。司机驶离公路开向废弃的油桶，急转弯、咒骂、侧滑，把孩子们吓坏了。车轮在空中发出刺耳的声音，没有希望。有人尖叫着，但被一片飞扬的尘土遮住了。焦油坑是一个狭长地带，边缘覆盖着灰尘。

孩子们笑着，争着躲在放倒的大金属油桶下面，隐藏在黑暗却温暖的地方，他们在这个地方放着没人羡慕或认领的宝藏。孩子们在想象中的车窗上晃着胳膊，摇摇晃晃地凝视着，吹着口哨，招着手，发出回声和笑声。他们双眼呆滞，好像真的下着暴雨。他们也在审视不幸。

孩子们紧握跳动的手，躲藏在隐秘处。肩碰着肩，脚趾刮擦着折叠的金属边缘。孩子们将光脚丫小心地藏在身下，膝盖折叠，免受羞辱。肘部弯曲时，金属上的锈粉会灼伤肘部，剥离成细屑薄片状，像死皮。孩子们一次又一次地碰触，背靠背，手肘相碰。孩子们的嘴唇干裂，嘶哑的声音像枯枝一样。

女孩们穿着破烂的裙子在等待，裙子在纤细的大腿上摇摆，她们的胸部像瓶盖一样扁平。孩子们在藏身之处分享秘密。外面的车轮停了一会，然后继续前进，里面的孩子们充满恐惧地等待着。声音像破碎的玻璃一样聚集，像瓶盖掉进空金属罐里。孩子们害怕，恐怕会陷入不利的境地。未知的事物是无形的，孩子们却已经目睹了每一个现实。

车轮发出扑哧声。隐隐约约、断断续续的声音向孩子们靠近，像潮湿的木头冒起的烟。也许有些事物会干扰难以忽略的诉求。孩子们看到彩虹，他们确信自己是永恒的，所以他们屏住呼吸，用手心捂住嘴巴，指甲上沾满铁锈。孩子们像毛毛虫一样蜷缩在这个黑暗的临时避难所里，带着急切的好奇心触摸每一个来访的信仰，他们以自己不善表达的方式，开始质疑清白归属这个概念。他们不自由。

在生锈的金属棚子里有真正的宝藏，它们提供了救济。这些废弃的油桶被日照雨淋。还有一张破唱片，唱片周边都是缺口，黑色的表面布满了灰尘。纸质标签被撕破了。上面精致的细纹吸引了孩子们，他们捡起一块玻璃，轮流小心翼翼地慢慢地沿着唱片画着一个又一个同心圆，直到画到最小的细纹，中间开着大口，可以插入两根手指，在空中一遍又一遍地旋转着唱片。他们一直转着唱片，直到标签模糊，一个字母也看不清。手指上形成凹痕。唱片最后在沟里或其他什么地方漂浮着，这是孩子们必要的消遣。

一个空火柴盒。一只系着鞋带的皮鞋。一只小手伸进鞋里，潮湿的鞋内很暖和，像棉花一样的手指仿佛能感受到鞋内的黑暗。墨台上写着"伦敦"二字。一个华丽的金属勺子上刻着一只鸽子。一个陶瓷壶的破把手上写着"塞尔伯恩旅馆"。

孩子们共享所有，亲密无间，很兴奋，除此以外他们一无所有。他们只需要互相注视，就能感觉到自己不仅为健康也为快乐而生，他们立即将宝藏扔进藏身处黑暗的角落里，阳光照进，彩虹绕膝，无限荣耀，梦想令人惊叹，这是成年人无法理解的。

奇迹中有恐惧，但这很罕见，孩子们能迅速忘记发生的坏事情，咕哝着彼此语无伦次的结论和解决办法，抵抗无情的陌生的入侵。孩子们推迟了他们的下一次爆发，他们涌进西多日韦E2街道，相互呼喊，似乎他们的声音预示着独特的觉醒，然后他们像落叶一样扑倒在沟边，沟里的水刺鼻，发出腐烂的气味。他们为想象的地方不断编织话语。

当你还是孩子的时候，飘浮是生活真谛，飞行也是。每个人都有一种消失的方式。身体没有重量。身体是灵魂选择附着的容器，是没有形式的液体——因此灵魂的形状像空气，是无形的。灵魂透明且能流动，能吸收所有的颜色和声音，平衡、完美，就像一滴水。

沿着西多日韦E2街道有一条长沟，用来运输尤卡瓦路另一侧的工厂的废弃物。这条沟是黑色的，里面都是沉积物，黏稠的工厂废水和废油流到马科科巴河的另一边，最终流入乌姆古扎河，年轻人却觉得这些沉积物刺眼又迷人，他们的感官完全可以容忍这些。孩子们没有游荡那么远，没有超出边界，那里没有房屋，到处是岩石，远处有开花的荆棘丛，再远些的地方，土壤空旷贫瘠，只有一些矮小的荆棘，几乎没有生命。他们的房子比荆棘丛要近得多，尽管同样简陋。

孩子们喜欢待在沟附近，好奇心十足，这让他们逐步靠近反复无常的现实边缘。毕竟，他们的家相距不太远，而且他们总能闻到各种恶臭的味道。他们还有其他痛苦。

这里有自行车轮胎、锌板、车门。油浮在沟水的表面上，停滞的水滋生细菌，一群昆虫像云朵一样充满敌意地不断嗡嗡响。一棵树低垂在水面上，一动不动，折射出没有叶子的变形的厚重的倒影。涓涓的油水颜色鲜艳，如新的面料般有光泽，明亮。

在远处，有一个大油箱。西多日韦E2街道旁边的孩子们在这么大的油箱里面，可能会被马上淹死。油箱里装满了油，它也充满彩虹般的色彩。油和彩虹。沟里的水和油是从油箱里流出来的。

大一点的孩子们走到工厂边界旁，触摸带刺的铁丝栅栏。他们把手指伸到菱形网内，注视着在大油箱下面工作的工人，大油箱架在地面上。这些人在油箱下面。

然后工人们消失了。他们消失在无懈可击的浓烈的火焰中。

工厂油箱爆炸，在油箱下工作的工人们被熊熊燃烧的火海吞没，站在西多日韦E2街道上，可以看到火焰燃烧了整个天空。孩子们放弃了玩耍，透过围栏观看；他们第一次看到大火，他们想象这是为他们举行的一个特殊仪式。孩子们既没有逃跑，也没有发出声音，他们的手指紧握着栅栏上的菱形网，在爆炸冲向他们，有可能将他们烧成灰烬时，他们也站在那里。他们能感受到灼热的空气像气流一样冲击着他们，火焰如梦般笼罩着天空，浓烟滚滚而来，在天空中形成一座山，挡住了阳光，瞬间他们与某个重要的事物，某个在这之前让他们全神贯注的记忆，某个无害的活动，某个关于时间延伸的孩提时孕育的愿望分离开来。孩子们紧紧握拳。如果他们松手，他们会掉进一个未知的深渊。然后，他们把自己发烫的脸紧贴在铁丝网上，让它灼烧脸蛋。他们站着不动，闻到空气中散发出的刺鼻烟味，浓烟往四处扩散，就像有生命的事物，有一种与他们自己不同的俏皮明亮的意志，一种他们无法预测的能量。孩子们可以触摸到浓烟，因为火焰是温暖的，就像太阳的光芒。在这个不可思议的如山般的浓烟中心，火焰像液体一样舔着天空，一朵巨大的花在天空中绽放，它的花瓣是红色的，逐渐扩大，蔓延至山顶，突然消失在可怕的浓烟中。壮观的火焰。孩子们很容易忘记在油箱下工作的人。孩子们看着他们被隆隆作响的爆炸声吞噬，爆炸声使他们无法思考。在孩子们面前升起的浓烟更有压迫感，比起他们从远处看到的那些小身体，这更加引起他们的好奇心。没有人知道是什么判决导致了这场死亡，活着的人神奇地消失了。火焰持续了一整天，直到孩子们扭过头，带着饥饿这样普通的欲望，回到西多日韦E2街道，闭上眼睛休息。

后来，孩子们看到那些人像彩虹一样在沟渠上升起。

四

　　梵巴萨躺在碎片瓦砾下休息。他仰面躺着，用空的卡其水泥袋做枕头，身下铺着一条灰色的小毯子。睡意像小溪一样袭来。他有一种沉重感，不仅仅是累了。水泥的气味会让他趴下，紧贴地面。他旁边有铲子、斧头、砖头和飞扬的尘土，头顶上方天空干燥。夜晚悄悄来袭，闪烁的星星点点的光温柔地爱抚着他的双眼，光芒消失在地平线上，像火焰的火花一样消失在湖中，然后一个影子滑落，夜晚来临，满天星星突现。梵巴萨忘记了下午的酷热；寒冷袭来，如天鹅绒毯子般温暖的夜拥抱着他。夜晚太冷时，他会蠕动到卡车的大轮子下取暖，也许还会拉来一个塑料袋盖住身体。他甚至会翻过半砌的墙，蜷缩在建造粗糙的房间一角。他会一直吹着曲子，直到睡着。他伴着曲子入眠。

　　梵巴萨睡在乌姆古扎河附近，河流像鞭子一样扬起，然后冲出地面，平缓地流过岩石。干涸的土地上，河满日升，在太阳升起放出光芒之前，可以看到没有光的纯粹的圆，似乎太阳是可以触摸的。四周只有这条河，这片耀眼的光和土地，光滑的地面向下延伸到无缝的地平线上。所以这条河值得一看，值得惊叹，值得让人居住在附近。河流不远处，土地光秃秃的，只有带刺的荆棘丛，像豪猪的刺，每棵荆棘上的刺都像树枝一样粗，锋利的尖刺牢牢守住最后一滴水，汲取远处的水。仙人掌在长满黄色苔藓的岩石碎块中绽放，裂缝里有细小的昆虫，昆虫看起来像碎裂的树枝，像被蚂蚁吃掉的残破的干草。在河的另一边，城市喧嚣。城市沿着这条河兴建。

梵巴萨看着太阳从河中升起，看着河中自己的倒影。在仰望天空之前，他看到强光在河面上渐渐散开。这是早晨，太阳躲在河中，直到升起，升入属于它的天空。太阳在升起来之前一直横向滑动，从河里消失，升到河岸，在太阳光芒的斜照下，水面闪闪发亮，微光闪烁。

在那里，从河流中可以挖掘出陆地上的远古历史。一块旧的碎黏土；一条玻璃项链，手镯上有出生、婚姻、死亡的标记；一条隐藏的信息，一次诱人的秘密的邀请。梵巴萨获得一个手镯，他将其戴在右手腕上。手镯还在滴水，戴在身上冰冰凉凉的。他将它洗干净，直到手镯发亮。一个手镯，一条链子。破碎的记忆和被掩埋的触感。梵巴萨用左手大拇指和食指环绕着手镯，触摸时间，就像触摸死前可以诞生几次的可靠事物。一个治愈的碎片，一个愿望。时间像握在手中的礼物一样流逝。梵巴萨返回西多日韦E2时，会把这个手镯送给费费拉菲一段时间。任何事物都会消失，只有时间永恒。任何时间消耗的东西都会留下痕迹。

很少有人能在入侵、火车、阻断每一条道路的建筑物、双手劳动中幸存下来。梵巴萨的每个梦想背后，都有一种悲伤像飓风一样吹过。一首被遗忘的歌像一阵旋风一样显现出来。村庄已经不复存在，在那里，母亲抚养他长大。梵巴萨对父亲的世界知之甚少，除了知道其他人都在与白人并肩作战。即使在那时，就有那种自我背叛和犯错误的勇气：身份已经成为生活的奇特细节。一方赢了，胜利的本质就是以另一方的沉默或死亡来衡量。

生存有压力，需要钱来缓解。近二十年来，梵巴萨什么都没做，只是造房子。通过造房子，他非常了解布拉瓦约这座城市，他参与建造城市的一砖一瓦，背部感受到努力的酸楚。他拥有这个城市，没有明显的愤怒或爱，只有不果断的放弃。梵巴萨看到每一栋建筑都有自己花的心思，工厂的浓烟使油漆失去了光泽，墙壁变暗，火车的浓烟熏黑了火车站正面的大楼。这些都是他建造的。他死后，他的作品仍将无处不在。他不知道自己是否是更大伤害的一部分。他根本不明白，挥之不去的伤不了解也能感受到。现在变化如此大，过去与现在的联系仅仅是一个脆弱的词。要建立新的东西，必须时刻准备摧毁过去。

　　一个古老的手镯，一个新的恋人。1946年的一个像这样的下午，梵巴萨在乌姆古扎河旁遇到费费拉菲，中午的阳光黄灿灿的，像小刀一样锋利地划过河面，在水面激起涟漪，水轻轻地敲打河床。自那以后，每当他在河边看到太阳，他就知道太阳刚从水里冒出来，准备升上天空。太阳从河里升起了。

　　这是一年中最热的时候，梵巴萨在河边坐了半个上午，快到中午了，他光着脚，弯下脚趾，让它们浸在水里，脚在热浪中快速移动。他坐的那块岩石半浸在水中。她气喘吁吁地出现，喘息着，在他脚下，她像个精灵一样突然从河里冒出来。水沿着她的脸庞流下来，像波光粼粼的小溪。她穿着一件薄衣，衣服如皮肤般紧紧地裹在身上。她抬起手抓住水边的岩石，爬出水面。

　　她一点烦恼都没有，头发湿漉漉的，他们说话的时候，水继续从她背上滴下来。这是梵巴萨生命中最明亮的时刻，她的眼睛闪闪发光，像宝石一样，她的胳膊和她所躺着的岩石的颜色一样。她的每一个动作都很得体，她一点点抬高声音，跟他说话，顺畅如水。她是阳光。她的美不止这样，不仅她的外表传递了这种美，她的语言、身体的每个动作都闪耀着力量，透着这种美。似乎她对每个动作、每句话都有要求，但这些对她而言不是负担，这就是她。她出落得这么美丽。费费拉菲没有意识到自己的存在、自己的举止改变了梵巴萨。他们是陌生人。

　　他们已经见过面了，费费拉菲潜入水下，从河对岸向梵巴萨游去。她在水下一直看得到他。她像太阳一样从水里升起，他非常惊讶地看着她。她一边说话一边喘着气，滔滔不绝。她是水和空气。

费费拉菲来乌姆古扎河游泳。

"难道这不是这里唯一的河流吗？"费费拉菲狂野且敏捷地问。梵巴萨非常羡慕，知道这种狂野、敏捷只属于年轻人。她坚持说即使只有一条河，雨水也不多，会游泳也是很重要的，这样才不太可能被淹死。

"这是唯一的一条河流，"梵巴萨同意道，"这条河在荆棘中形成。这条河不属于旱地。它很吝啬，没有什么水。"

费费拉菲站了起来。梵巴萨的世界改变了。

"如果你往那边走，"他指着与河流流向相反的方向，"你会遇到同一条河流。它们一直是同一条河。如果你径直往四个不同的方向走，你也会找到同一条河。"

"那这不是干旱的土地。河流比我想象得要多。"费费拉菲笑着说。

梵巴萨还没来得及开口，她就跳回水中。她只消失了一会儿。但随着她的到来，时间停滞不前了。他想象过她的存在和他们的整个对话吗？她是一只羚羊。不，她是一个从水中诞生的人，尽管她让他想起了羚羊。这条河并不像他说的那么吝啬贪婪。它给了他这个女人，像梦一样把她吐到岩石上。他等待着，他生怕醒来，发现她不见了。

"你住哪？"梵巴萨问道，不确定自己是否有权问。费费拉菲有勇气独自来到这里，这让他想问并且放松下来。他的提问仿佛是要保护她。他想保护她，他们刚见面，不可能会再次分开。

"我曾经住在马科科巴的尤卡瓦路。我母亲去世了。她的名字叫格特鲁德，我和桑迪里一起住，她是我母亲多年的好友。我们一起住在L路，离尤卡瓦路不太远。自从失去母亲后我就住在那里，已经几个月了。"

梵巴萨低下了头。费费拉菲毫不犹豫地回答。她坐在他旁边的岩石上并且躺下来。岩石非常暖和。她把一只手放在额头上，遮住眼睛。他瞥了她一眼，她的眉毛上有水。当他问起她的名字时，她半躺在岩石上，难以置信地看着他。

"你已经知道我住在哪儿了，我母亲格特鲁德死了。你应该先问我的名字，再问我住的地方。但我会告诉你，因为名字不是秘密。我叫费费拉菲……"

他们之间产生微妙的变化。她专注地看着他，想知道告诉他她的名字是否意味着什么，是否改变了他们的相遇。乌姆古扎河继续流淌着清澈的河水，水漫过他们的脚，向下一个弯冲去。他听到了。他从来没有听说过这个名字。他仔细地看着她，仿佛想从她身上寻找一些更熟悉的他可以信任的东西，以便使他们的相遇变得真实。

"费费拉菲?"他问。他把名字紧紧地握在手心。这就像抓住她内心的一部分。他不想让她走,尽管他们是陌生人。即使她站起身来,再次消失在水里,他也永远无法放开她。他会记得她,他会抱着她。梵巴萨从来不想拥有土地以外的任何东西。但他想拥有她,就像想拥有出生后与他分割开的脚下的土地。也许,如果他没有出生,这片土地仍然属于他。他父亲的死并没有预示诞生。

梵巴萨从未遇到过一个女人,可以帮助他忘记他渴望的这片土地上的每一个脚印。这个女人使他注意到他的脚下没有坚实的土地,只有湍急流动的水,这是一种快乐,并没有害处。像他那样工作,活得像他那样,对他来说就已经足够了。当他与马科科巴的许多女人在一起时,梵巴萨知道如何减轻她们想象中的伤害。他的依恋就此结束了。早晨醒来,他眼神迷茫。他们交换了名字,每个人都说了一句真话。这是必要的也是最后的交流。当那个女人关上门继续前行时,她紧紧地抓住这句真话,即使一个声音告诉她这句话是一个负担,最好遗忘,她也能够稳稳地走在街上。梵巴萨知道来自马科科巴的女人有强大的追求,对她们来说,真相罕见,她们如获至宝、辨识真相,甚至能立即从陌生人那里撬开真相。他忘了那个女人,比忘了她的名字还快,但也许不会忘记她耳语的一件真实的事。

寻找栖身之所。这个女人终于让梵巴萨收起拳头,遥望天空。他不再警惕。这是生命、水、一个庇护所。他无法否认费费拉菲闪亮的存在。她给了他信心。她什么都不用说，他却觉得她给了他一个承诺。梵巴萨渴望开始。随着她的到来，他感受到一种巨大的、难以形容的绝望的恐惧，他不能放弃。他需要庇护。

"我母亲给我起名费费拉菲，因为我出生时她不知道去哪里寻求庇护。她什么地方都睡。她肚子空空，但她的孩子必须有睡觉的地方。她过得很艰难。我出生后，她的斗争开始了。我出生的时候，她给我起了另外一个名字——萨卡希莱。然后，她发现在马科科巴没有时间独自抚养孩子，所以她改了我的名字。那年我六岁，她还叫我萨卡希莱，但她常常坐在我身边说，费费拉菲是为了我们俩而找到的名字。她挣扎过，不知道应该使用哪个名字。"

梵巴萨看起来还是很困惑，费费拉菲提供了一个解决办法。

"你可以给我起另外一个名字。我不介意被陌生人起名。我不介意改名，如果改名能让现在的情形更明朗。"她笑着说。

梵巴萨不能确定她是快乐还是悲伤的。他已经习惯有名字的女人们的变色龙特性。一个女人可以用一个名字来表示蔑视，不一定是对这个特定的男人的蔑视，而是为了摆脱昨天的痛。如果她展望未来，名字就证实了她对背叛的怀疑，显示她与时间的整个斗争过程。她可以轻松地换个名字，像穿裙子一样，每次你看着她，她都在检查这个名字是否合适，是否能很好地掩盖她的伤口，但通常这个名字是否能让她四肢平稳摆动才更重要。有时，女人会忘记自己的假象，诅咒并要求你停止叫她也不知道的名字，不要再叫你俩同时听到的尴尬的名字。她坚称这是她唯一能给予的真实的东西——她提供了自己真实的名字，就像最无害的诱惑一样。然后男人知道他已经认识了女人真正的自我，她想要获得真实的东西，不是烫伤她屁股的伪装。梵巴萨仔细审视费费拉菲，试图忘记对在马科科巴遇到的女人的一切了解。

他们早已不再是陌生人。

他们之间有开阔的大道。在这短短的时间里，一些东西把他们绑在了一起——年轻的女孩和年长的男人。他犹豫了一下，因为费费拉菲太年轻了。他感到厌烦，早就预料到会失去，但已经珍藏了有关她的记忆。虽然他喜爱她胳膊上滴下的水，但她对自己有什么了解呢？她能爱他什么？她能给他什么而不给自己造成损失？她不要消失在河流下，他能用什么话语吸引住她并让她不动？一个老男人，脚踝没入河里。他是谁？她会长久停留并且听他再次呼唤她的名字吗？

他看着她跳进水里。她在水下待了好长的时间，他以为她已经淹死了。她回到了水面，说尽可能长时间憋气很重要，这比生存更重要。

"我觉得自己像一个小偷，"她说，"我拥有的一切已经被盗走。我获得了和母亲在一起的时间。这不是一个礼物。我偷走了一切，然后偷走了时间、事情，偷走了别人给予的剩下的一切。"

　　她离开了他，回到了水里。

　　从那以后梵巴萨见过费费拉菲几次，之后他们轻易地决定共同生活在西多日韦E2。费费拉菲已经上完学。她没有亲人。她的母亲格特鲁德已经死了。当费费拉菲告诉桑迪里这个决定后，桑迪里倍感欣慰，她看着费费拉菲收拾行李，头顶着行李箱离开了她们短暂共享的一居室房子。桑迪里明显如释重负，所以费费拉菲拒绝了让桑迪里陪她去梵巴萨的房子。她也拒收了桑迪里坚持让她留下的裙子。

　　桑迪里说这条裙子是她多年前来到这个城市时买的第一件衣服，她一直保留着，因为这是她与过去、与格特鲁德的唯一联系，格特鲁德睁大眼睛亲眼看见火车呼啸而来，路灯变暗烧坏时她们紧张地快速路过。那是令人怀念的时期。格特鲁德告诉她去哪里住、怎么住，格特鲁德敲开每一扇紧闭的门，低吟令人安慰的曲调。

　　费费拉菲看着裙子，裙子在右膝处有一个大褶，她把裙子扔回桑迪里的胳膊上，这本来就属于桑迪里。什么都不能让格特鲁德起死回生。费费拉菲烧了母亲的裙子，她根本没有时间为其他女人珍藏宝贵的记忆。

　　博伊迪举起沉重的箱子并将其放到费费拉菲的头上，费费拉菲离开了。博伊迪和桑迪里两个人看着她头顶行李箱沿着L路慢慢走，费费拉菲的每个步伐都在宣布自己已经成为女人，直到她拐到尤卡瓦路，她开始了自己的生活。费费拉菲能够看到她以前住过的房子，但是她决定忘记在那里的记忆。梵巴萨在西多日韦 E2 街道等她。1946年是快节奏的一年，见证了闷热的逃离。她喜欢年中的氛围，天空呈现她梦寐以求的蓝色。风也撩人，柔和却寒冷，她紧紧地握住行李箱的光滑的把手，这样手指会暖和点。梵巴萨正在等着，她走得更快。

他一个劲地问，她只听着。跟他在一起让她安心。他崇拜她，这让她感到安全。她爱他，紧紧抓住他，这样她就永远不会沉沦到不能重新站起来的地步。

她静静地想着什么，但当他在房间里的时候，她的思绪稳定。他使她充满了希望，比记忆更重要的希望。除了跟他在一起，她什么都不期待，她每天像花朵一样怒放。当他走进房间，她冲上去拥抱。她忘记了一切，依赖他的慷慨，喜欢他身体靠近她，依靠他的每一个想法和关心。

"我总是偷。我不介意从你那儿窃取。"她揶揄道。他爱她，因为她从不说爱。她爱他，因为他说的一切都是关于爱情。

他们在一起时总是阳光普照。即使他们在一起，他仍然深深地渴望着她。她活泼的笑声，她的无所畏惧。她质疑一切。

"为什么他们不让黑人驾驶火车？他们对火车了如指掌。"

即使他保持安静，什么话都不说，她也会跟他吵架。她还会跟自己吵架。她和时间争论，和关于母亲的记忆争论——格特鲁德怎么可以是她的母亲？他们甚至都不知道对方的真名。然后她告诉他下面的事情。

她母亲发现了她，并把她放在一个小房间里。大半夜，费费拉菲听到敲门的声音，母亲笃定地从床上爬起，来到门边，外面漆黑黑一片。她看见母亲站着，胳膊放在门的另一边。漆黑黑的外面是黑乎乎的纱门。母亲就那样站了很长时间，跟另一边的人窃窃私语。费费拉菲看不见是谁，她只看见母亲高大笔直的影子，只看见母亲的额头触到门楣。接着，费费拉菲看到母亲的胳膊慢慢地垂下来。她期待母亲转身关门。

然而，母亲整个身体瘫了下来。母亲侧身撞在了门上。门难以承受身体的重量，裂开了，松动的铰链也吱吱作响，费费拉菲听到声音后赶紧从地板上站起来，母亲的胳膊那时如断了的肢体般下垂。她走近母亲时，没有看到明显的伤害迹象。她甚至不确定母亲是否死了。然后她看到母亲胸部有个大洞。似乎过了很长的时间，血才冒出来。

一个陌生人对母亲开枪了。在那之后的几天里，母亲的胳膊还是下垂着。现在，对她来说，这是死亡的象征。然后，一个白人警察给她带回了母亲死时穿的那件裙子。从来没有白人男子站得离她如此近。她仔细地看了看他。他的脸毫无表情。当他转过身时，她点亮一支蜡烛，照亮裙子。警方很细心，还记得归还她母亲的裙子。裙子用袋子装着，袋子上用红墨水写着"埃梅尔达"。

费费拉菲在一张递给她的文件上签名。一些详细的信息已经填写好了：死亡日期、死因。她必须填写母亲的名字。她写了埃梅尔达，因为放裙子的袋子上写着这个名字。警察不知道母亲的真名，她很生气，决定不告诉他真相。虚线下要写上自己的名字，她犹豫了一下。当警察接收母亲的尸体时，即使现在他把一个叫埃梅尔达的女人的裙子带给她，警察也懒得去问她的名字。这是母亲穿过的那条绿色裙子。她想知道为什么母亲被改名。

费费拉菲抬头看看白人警察的褐色帽子，继续拿着这些文件。她看他没有恶意。他看起来好像有一整天的时间等待她做出决定。她用整洁的笔迹写着——格特鲁德。她的母亲名叫格特鲁德。她在报告上写了母亲的名字，不知怎的，她将自己脱离了这个事件。母亲在文件上写了自己的名字，一个名叫埃梅尔达的女人。费费拉菲感到安全了，她递还了文件。如果她有钱或资产，则意味着母亲的去世与她有关，现在它属于其他地方了。她什么都没有。但是，她还是认为会有人邀请她为母亲举行葬礼。她在房子里等着。七天后，她知道事情不会是这样。七天是非常长的时间。长时间是持续不到七天的。瞬间就是永恒。

梵巴萨无法想象自己在一个没有费费拉菲的房间里。他想让她待在自己身边。这很容易，因为他们只有一间房，他们在家时，在夜晚前，在早晨之前，两个人都没有其他地方可去，他们一整天都在一起。他保护着她，当他看着她独自沿着西多日韦E2街道走时，他感觉受到了威胁，他必须闭上眼睛，直到她走进房间叫他的名字。

梵巴萨不得不离开她好几次，因为要在不同的建筑工地工作，他经常因为太累而回不了家，况且交通费会耗尽他赚的钱。他必须离开，为他们挣点好东西。不过他较少离开，当他必须留下她独自一人在家时，他觉得可怕、空虚，这使他颤抖。

他打开门，想知道是否会发现她不见了。

梵巴萨无法想象如果有一天他打开门时发现她不见了会怎样，他希望能再一次关上门，希望自己从未离开过她；她会像鸟一样飞翔，用她华丽优雅的翅膀飞翔。她心里会涌出一种孤独的狂喜。她会耳语他听不到的事，会说他事后想起的消息，当他所有的感官终于自由时，他已经从自己的歌曲变成了她那令人惊讶的旋律。

后来，在1948年的一天早上，每一个生命都得到了永恒。桑迪里对费费拉菲没有真正的信任，也没有轻蔑对她。"我不再希望被爱，而要去爱。我想找到曾经属于我的东西。"桑迪里对费费拉菲说。这是一个艰难的寻找过程。它涉及生活在马科科巴的每个人的命运和记忆，尤其是格特鲁德和费费拉菲。这个城市热情邀请每一个人，包括那个极度欢乐的女人德利韦，她对生存充满信念，这种完美的感觉让每个人，无论是男性还是女性，都敬畏地扬起眉毛。归根结底，这是一种一居室的爱，牵涉所有人，他们无法假装对境况和矛盾带来的惊喜充满新奇或毫无痛感。

五

音乐响起。音乐为廉价而短暂的自爱而谱。每个人都是自由奔放的，年轻人快乐欢畅。

桑迪里眼睑低垂，她似乎想起了一大早她本来应该做完的事情，这些事情在鸟儿开始歌唱之前，在她在树篱上晾晒衣服之前，在她不得不低下眼睑之前就应该完成。桑迪里一直等待着，直到露水开始融化，鸟儿停止歌唱，这样做是不对的。正午不是提出建议、得出结论、发生灾害的好时间，就像事情做到一半一样。正午就是这样，阳光倾泻而下，融化了影子，因此，太多人见证了每次的挫败。一天的这个时候总是让她措手不及，桑迪里受到了伤害，感到困惑，她低下眼睑，希望再次抬眼时，别人不仅相信她，而且时间早已过了正午。

桑迪里打算对抗死亡。她想要被人记住，如果没有记住别的，至少要记住她的泰然自若、她的声音和自由。因此桑迪里有必要调整直觉，提供即时安慰。激情被购买，它提供了很多逃避的方式，只要人愿意尝试站起，然后永远倒下。

桑迪里被自己摇摆不定的低标准的爱弄得晕头转向，她折了折衣领，将其别进裙子，让阳光照在肩膀上，羞涩的口哨像绞索一样卷曲在脖子上。接着，她的行为显得很普通，她将裙子下摆抬高了一点，穿了高跟鞋，隐藏柔软的脚掌，以避免受到伤害。她在低胸衣里面安全地塞着许多块绣有字母的手帕，她从白人男子口袋里取回了这些手帕。她若有所思地取出一块手帕，抖去手帕上痛苦的记忆，挥走逝去的爱情。

桑迪里不顾一切地挥手。她把收集的硬币放在手帕的一端，整齐地叠成一堆，然后对折并打了个紧结，牢牢地放在胸部下面。在一个炎热的下午，空气中没有风，炎热也没有丝毫缓解的迹象，她自信地站在阳光下，一只手撑腰，另一只手慢慢地上下摇晃，她全身心地投入，试图扇走酷热。硬币叮当作响，可恶地掉在脚边。

桑迪里懒洋洋地倚靠着一分为二的门，双臂摆成半月形，回想逝去的爱情。像马科科巴的所有女性一样，她想知道她对什么充满信任，为什么花了这么长时间才找到根源。每个人都匆忙路过，似乎没有注意到她或者完全不关心她，但她希望别人能询问她是否舒服，即使她完全不会回答。桑迪里探出身去，对路人低语。机会等待太久，未来太远。她不知道能获得什么机会，因此她感觉在虚空中寻找会更加有用。首先，她公开了秘密。

桑迪里突然离开。她叫出住在L路的长子们，他们的名字分别是恩德拉利法、武舒穆奇、贝基森巴。他们的母亲惊讶地注视着桑迪里。桑迪里不止一次感到困惑，女人到底对什么充满信任，要用何种耐心来评判她们。她大声耳语，泄露了只属于后代的秘密。

揭露秘密对纯粹的证人来说是累赘，他们只想聆听却不想受到牵连。桑迪里坚持分享失去的东西，却缺少观众，这使她质疑自己的魅力。她找到一面镜子，看了看里面，头轻轻地向侧方低下，审视着涂了一层诱人的棕色粉的皮肤，扭动肩膀。寻找。

搜寻。桑迪里请朋友在后面举着另一个长镜，通过举在前面的镜子寻找是否错过了什么，是否有地方不平滑，是否有凹痕，是否有不如意的地方，但后面的头发黝黑顺滑，用一把热金属梳子一直从头皮梳下来。一切如预期的一样。衬衫上没有撕裂的痕迹，宽大的腰带沿着腰部整齐地系着。衣服里面的紧身胸衣让背部保持直挺。

没有人听。桑迪里别无选择，只好找到另一种平静。握手治愈了她对触摸的渴望，她很快找到了获得和谐的其他方式。像所有的隐士一样，她青睐颜色，戴着蓝色的手镯，嘴唇为紫色，像熟透的西番果。现在是出行的时候了。

她可以获得粗犷却精美的邀请。桑迪里的脖子如磨制石器般优雅，耳环垂在肩上，涂了指甲油的手指发亮，双唇显示出野心。桑迪里在快乐交易时不会分白人和黑人，不过她会区分日出和日落：黄昏时，她把腿蜷缩在白人身体旁，聆听路过的警笛声和救护车声划破天空，看见手电筒照到酒店天花板时她会咒骂，然后透过房间的薄窗帘，她看到警察路过时的影子；黎明时，她在真正爱的黑人怀里醒来。

破损的蚊帐下也有遗憾，蚊帐从华丽的天花板上垂下，遮盖住摇晃的臀、举起的胳膊、交融时大声的舒缓的呻吟和沉默。背叛是相互的，厌恶和好奇是明显次要的细节。当桑迪里对这种特定的角色厌倦时，她拿起壁炉架上的一些零钱，对壁炉吐痰，黑口水接触到热煤炭时嘶嘶作响。然后她从浮雕金盒里偷了一支雪茄，之后匆忙地夹紧盒盖，将这精美的金盒放回床头柜上。她小心翼翼地从谢菲尔德运过来的钢琴的琴键上拿起内衣。她把丝绸般的尼龙衣服塞进橙色手提包里，悄悄地溜出房间，沿着狭窄的走廊走。她赶紧扔掉偷来的雪茄。

桑迪里跟自己的男人睡觉时，会一直待到早晨，他们相互注视对方的眼睛，不用为黑色的皮肤感到一丝羞耻，他们可以分享孤独的成人痛苦。她把男人的胳膊放在胸前，靠近乳房，享受着并记住它的重量。她摇晃着这个男人的胳膊，让他再次入眠，然后叫醒，又摇晃他直到他安心入睡。这是一次勇敢而孤独的亲密。

死亡远离他们，虽然还远未结束，但这一切都不像生孩子那样普通。她用干净的手握住指甲裂开的溃烂的手指，小心翼翼地把它们放在嘴唇上。当男人睡觉时，她的呼吸如毯子般温暖他的手指，然后翻转身体，寻找伤疤，鞭痕延伸到腋下、胸部，一直到身体的另一侧，形成一个完整的炙热的圆，但她没有问鞭痕是如何形成的。

相反，桑迪里将头伸到腋下，找寻她的男人的过去，喃喃地说些安慰的话，毫不费力。不费力，她的心灵却不再平静。她靠近结痂的皮肤，用眼睛找寻其中的故事，停下搜寻，好奇那块不见的肉掉到哪里，如何掉的。再往下是隐藏在双腿后面的深深的牙印。警犬和链条。脚踝起了泡，手腕留有不断挣扎的耻辱的印迹。如果这个男人躺在她旁边，他的肉体刚被切开并且开始肿胀，那她就必须做点什么，端一碗温盐水，拿一块干净的布，清洗伤口。她希望缓慢地检查伤口。

那一年是1945年，过去像被遗弃的梦一样闪现。不需要为触摸和分离疯狂，现在不需要。不需要。厌倦了各种各样的短暂的爱，桑迪里决定长期与博伊迪在一起，不惜一切挽留他住在她家。桑迪里早已放弃了晚上的出行，早晨醒来看着躺在身边的人的脸，寻找她能挖掘的真实的痛苦，就像剥开熟透果实的皮一样，然后扔掉，仔细观察果核，一片又一片多汁的水果片，白色的核和令人垂涎的味道。陌生男人的抚摸让她记忆冷却，一次，两次，但她想要别的，想要她自己的男人，不再是陌生人。一个有名字的男人，她可以叫出这个男人的名字并且一直叫着。所以博伊迪拴住了她的心，无论怎样，她控制住他俩的愤怒，因为在这个城市忠诚是动荡的追求，没有自由的给予。

桑迪里大声笑着，因为她记得她的朋友格特鲁德，固执的格特鲁德将婴儿绑在背上，去跟每个陌生男人约会。那是什么样的母爱？什么样的疯狂都市爱情能把她们的疯狂转为好运？

现在对桑迪里来说，每个细节都是遥远的、秘密的，最好忘却。

六

有动静。

费费拉菲看到一个男人在争吵中倒下，倒在西多日韦E2街道上。那人死了。在她意识到这一点之前，她已经和其他邻居好奇地跑出去看了一眼。在西多日韦E2街，每件荒诞的事情都会被审视、质疑，然后恢复原样。死者的妻子问聚集着的围观的人以前是否从未见过死人，她最后带来了一辆手推车把死者推回家。他们尊重她的失去，保持沉默。他们知道悲剧是她唯一的财产，但荒谬不是。在她消失在既听不到也看不到的远处后，他们向另一个人打听，询问死去的男人的身体状况。据他们所知，他是第一个死于这种疾病的人。

在西多日韦E2街道上，费费拉菲看着中午放学的男孩们，他们拎着一只溺水而亡的猫，喊叫着路过铁丝网围栏。他们像钟摆一样摆弄着猫，然后把它扔到年轻女孩的肩膀上。女孩们的害怕多于兴奋，大叫。在西多日韦E2街道，距离和触摸可以衡量恐惧感；紧迫的问题眷顾每个活着的人。

在马科科巴这个城市，每个孩子都有一个让人震惊的故事。费费拉菲知道这一点。她从孩子们的笑声中看到这一点，他们每一个人都放弃了生存，她自己也放弃了。飘逸的衣服下有对灵巧的渴望。孩子们的衣服由于长时间穿着或者乱穿已经很破烂了——衣服下面可以看到双腿、双臂、脸，甚至听到声音。在这打闹的纷争中，她看到死猫晃动着，黑色毛皮湿润柔滑。猫在裂开的紧身衣和破烂的衣袖上摇晃。

一个瘦高男孩轻巧地抓住猫的两条后腿。费费拉菲透过绿色的矮树篱和带刺的铁丝网偷窥，听到疯狂尖叫声的那一刻，她看到男孩的头在摆动。另一边，在西多日韦E2街道正中间，她看到那只死猫快速掠过没有折边的短裙。一只溺水的猫。

一条橙色的裙子。这是新年那天在马路对面巴鲁斯商店买的裙子。店主突然要离开，商店大降价，每件物品只要两个便士：裙子、卡其色短裤、鞋带、糖果糕点、非洲式发型梳子、折叠瑞士刀、狮子牌火柴、安德鲁斯肝盐、星级香烟、金色糖浆、美诺拉剃刀、旁氏化妆品、维诺丽亚肥皂、弹力紧身胸衣、拔佳软足鞋。软足鞋卖两个便士：这是一种黑色的鞋，用厚厚的黑色橡胶包着边缘，柔软的栗色鞋底，闻起来有点味道。

商店橱窗总是关着，以防小偷进来。石蜡虽然很宝贵，却放在店门口，这样人们感到被信任，不会动它。然而，孩子或者醉汉有时会把瓶子打倒。这让店主非常生气，他皱着眉头飞跑到西多日韦E2街道，挥手诅咒、威胁整个非洲大陆。他徘徊在空瓶子旁，让石蜡的气味弥漫到自己身上。石蜡浸入地面，蔓延到门边。几个星期以来，巴鲁斯商店的石蜡成为标识。好像错过了飞行或投降的机会，石蜡跟着店主流向店里。在店里面，店主满怀新的热情走到留声机旁。他的胳膊转啊转啊转啊，直到声音传到街道。店主知道如何吸引西多日韦E2街上的人。奎拉舞曲。啊！……奎拉音乐。

每个人都在遗憾地复述红印面粉事件，费费拉菲很快就知道了这个事件——店老板不卖红印面粉，反而，他让人争夺它。商店的阳台装饰着卷曲、漆成红色的金属边，形状像花边。他从两层高的商店阳台上扔下重重的袋子，袋子掉下时翻滚裂开，许多胳膊向前争夺。

红印面粉！绝对免费，根本不会错！最后，面粉从袋子里流出来，然后畅通无阻地流到大街上。面粉落在等待的人的脸上，像尘埃一样闪闪发光。一段时间里，他们的身上裹着白面粉，热切的双臂伸向阳台。

然后，人群一起摔倒，身体弯向地面，他们狂热地发现地面上的面粉夹杂着泥土、芬达瓶盖、燃烧过的火柴棍和大量的黄色香烟头——烟头上面印着苍白的彼得·史蒂文森，他们把这些东西放到带来的小金属碗里，仔细检查。也许，在沙子与更光滑的红印面粉之间还有希望，他们却什么都没找到。

女人们从地上拽起孩子回家，她们的脸五彩斑斓，眼睛颤抖。她们本应该排队等待红印面粉，而不是为之争夺或让彼此互相不信任。她们接受整个损失，至少在事件发生后还有分享，不会因一方的胜利感到沾沾自喜和自豪。男人们同样震惊于自己的自发疯狂，他们弯腰认输。损失共同分担，破坏礼物会让人喜悦。他们用身体触碰胳膊。阳台下有大量被碾碎的残破的蝴蝶翅膀。

孩子们的声音消失了；猫被推入沟里；孩子们消失在已经废弃的巴鲁斯商店的拐角处。

西多日韦E2街道。每天，费费拉菲越来越好奇街道的诱惑和管理，以及它缺少的欲望。你如何能相信他人的渴望、他人的喧哗和欲望：它的力量、它的魄力、它不具备的勇气？

七

一个房间。实心砖墙。石棉和水泥。

费费拉菲和梵巴萨有一张床,尽管它吱吱作响、下陷得厉害,几乎挨到了地面。床边有一个石蜡炉。在床的上方,一根电线斜穿过整个房间,他们把衣服放在上面,衣服垂下来可以隔开房间;床被分成两部分,上半部分在一边,下半部分在另一边。他们在其中一边做饭,他们在裙子和裤子下面弯着腰,坐在床的下半部分,拿着放在大腿上涂了漆的金属盘子,吃着热腾腾的饭菜。两个行李箱一直放在床的这一边,远离做饭的地方,靠近面对西多日韦E2街道的小方窗。接下来是入口。

门打开时会撞到床的金属框架。如果床再往房间里面搬一点,打开门会撞到破旧的行李箱,箱子边缘已经凹了进去,但是盖子牢牢系在一侧,因为锁销很牢固。他们把箱子推到床底下,只有拿要紧的东西的时候才把箱子拉出来，比如提出就业申请时需要的写着旧地址的信，或者头脑只是开小差，翻箱倒柜似乎让生活变得井然有序。他们将衣服挪到离床很远的房间的另一头，挂得高高的。然后，他们把肉切成条，挂在电线上。肉在滴油，直到变干。整个房间常常弥漫着干肉的味道。他们把门打开了。他们把干肉放入塑料袋里。

　　房间的墙壁很薄。梵巴萨和费费拉菲知道他们的房间和隔壁房间之间的距离很短，其他人很容易知道他们的呼吸、他们的想法、他们压抑的声音、他们的行为、他们的屈服。他们也知道会有胆大包天的人听到他们的叹息和交融。他们注意到了这一事实，但当他们嘴唇接触、大腿交融、手指紧扣时，他们很快就会忘记这些，他们沉浸在独自的激情中，取悦对方，保持静止和亲密。他们祈祷白天驱逐夜晚，然后夜晚驱逐白天；光明与黑暗的划分令人厌烦，只是需要他们改变习惯——开门或关门，清洁窗户，熨烫裙子，像从地上捡起一枚松了的钉子一样捡起久违的伤害，敲门，日落的余晖如愤怒的火焰般倾泻在石棉屋顶上，风将燃烧后的灰烬吹进眼睛。

　　好吧，这并不糟糕，但梵巴萨和费费拉菲不想记住烤玉米的香味，余烬的红光照亮了女人的脸，她用一块硬纸板煽火，她的胳膊左右移动，哼着曲子，噘起嘴唇，对余烬吹着凉气，让它继续燃烧、发光。房屋上面高耸着树木，他们听到风将种子吹落，种子像珍珠一样拍打着滚下屋顶，像冰雹一样落到地面。

梵巴萨和费费拉菲既不需要问候也不需要道别。严格地说，房间里只有他们自己，直到他们决定来到室外，也不管外面是什么时间。他们沿着西多日韦E2街道走，路过装满西红柿的车，跟邻居交谈，买了一个橘子，将果皮扔到带刺的铁丝网上。午夜过后的很长一段时间，他们把身体挤在一起躲进篱笆内，让巡逻警车驶过，在夜晚车灯的光芒下，他们倒了下去，随着离去的轮子声交融。他们隐藏着。

梵巴萨和费费拉菲忘记了如蕾丝般细薄的墙壁。他们只记得丢失的茶匙的形状，换了一个茶匙又丢掉了，他们不断地倒入糖或盐直到它们溢了出来。那个环节他们记得很清楚。他们用拇指和食指拿住勺子又薄又扁的柄，从糖罐倒到另一个杯子里，轻轻地放到颤抖的嘴唇上。其余的他们不记得了。或许偶尔会记起茶壶弯曲的壶嘴。他们对其他记忆模糊，特别是薄薄的墙壁。邻居屏住呼吸，等待聆听他们从未厌倦的事情，无论多么痛苦，邻居自己孤独的距离感远远超越了这两个恋人无所畏惧的交融满足感。

邻居心跳加剧地隔着薄薄的墙壁聆听着，费费拉菲和梵巴萨没有听到邻居兴奋的声音。他们的身体不断冒出湿滑的汗水，他们相互涂抹汗水，共享柔情。邻居并不是纯粹地想听，只是因为墙壁太薄无法设防。邻居也听到了最响亮的声音，太阳穴在燃烧，如果邻居能听到太阳穴跳动的声音，他们也会开始与这两个恋人一样全聋，什么都听不到，听不到恋人的耳语柔情，听不到他们诉说的活下去的意愿，这种在激烈拥抱中需要声明的意愿。也许邻居能听见这两个恋人眼睑闭合，胳膊伸展，身体渴望飞翔；听到他们明确做出的承诺，仅仅因为他们必须做出承诺。最终，邻居会不由自主地掌握恋人间相互拥有的秘密，记得恋人们自己都不记得的内容——那些从嘴里蹦出的像宝石一样的话语，可以用来衡量每一次的拥抱；那些润色的话语；那些浸在如牛奶般柔软的芳香中的柔软话语；那些如凿石般精雕细刻的话语；那些长着翅膀触摸天空的话语。那些珍贵的话语需要目击者把它们串成一首歌。

费费拉菲和梵巴萨轮流舔着一枚一便士的邮票，直到其黏性消失，然后他们把邮票贴在信封的右上角，但是邮票上的口水太多，邮票滑了下来，快掉到信封底部时却神奇地干了，刚好落在整齐书写的地址旁。他们合上信封，把它扔到绣花枕套下面，等待邮寄，否则会被遗忘。这是写给一个邻居的信，邻居留下了他在索尔兹伯里的地址。他们写了一封信给在姆巴雷的福利萨·尼亚蒂，尽管他们清楚地知道这封信永远不会有回信，这个邻居已经消失在他们对城市味道、悠闲无法挽回的追寻中。

八

没有什么比火车更有音乐感了。

火车轻松地移动，引擎轰鸣，穿过喧闹和烟雾，掠过地面，蒸汽嘶嘶作响冲向天空，火焰熊熊燃烧。黑人们搭上了火车，发现自己来到了这个城市。他们不可能通过严密的把守自由地进入挂上窗帘的车厢，火车声音哀鸣，炽热的汽笛声像在撕纸一样撕裂空气。他们留在四等车厢里，那里，金褐色的长椅固定在火车地板上，单身母亲们坐在长椅下面，紧紧抱着她们三周大的婴儿，她们抬起膝盖弯下腰，亲切地把婴儿抱在胸部，这样婴儿能够喝到奶。每当火车突然停止，她们只有抓住和按住长凳上的铁制坐垫及别人的脚才不会倒下。没有光。

在铺设长距离铁轨的过程中，有很多赚钱的工作，但是在修建房子以前，有些人要一直待在这里，他们接管了这些工作，因为他们的土地被铲平，为建铁路让路。铁轨已经铺好了，可以运送人、煤和橘子，还有大量的棉花和向日葵种子。人们可以闻到捆成大捆的烟草的气味，还有准备屠宰的牛的气味。烟像大雨一样溜进窗户。

火车开往布拉瓦约、维多利亚堡、圭鲁、奎奎、卡多马、索尔兹伯里。人们来自很远的地方。到处都有人试图登上去城市的长途火车。黑人们乘着一辆来自莫多罗的公共汽车，那里没有火车，到达哈特利后，他们必须决定是去索尔兹伯里还是去布拉瓦约，两个都是发展中的大城市。布拉瓦约更大，而且罗得西亚铁路总部就设在那里。布拉瓦约毗邻南非，这本身就很有吸引力。这个决定并不容易做。最好观察火车几天，火车往两个方向行驶，首先当然要有勇气上火车，看它来回摆动，然后不管它正在朝哪个方向行驶，跳上火车。看到火车静止不动，门窗打开，这足以让你鼓起勇气，如果是早晨，还能看到令人目眩的烟染黑天空。这是一个奇迹，能让你去思考什么样的悲伤已经消逝，而不是未来有什么样的悲伤。

黑人们对城市的迷恋并不能确保他们的生存。然而，遗憾只持续了一秒钟，他们已经安于现状。他们诅咒、责怪火车，然后更加依恋城市。来自各地的人不仅了解、吸收彼此的秘密，还学习彼此的神秘语言。各种口音相互碰撞，一个词接一个词，一种方言接一种方言，直到躁动的声音像烟一样散去。单词、音调、节奏和意义的碰撞比驶过的火车更让人愉快。当词语相互碰撞时，或无法理解意义时，他们笑了。他们知道当一个新的声音释放出来时，他们已经挖掘出某种宝贵的东西，他们之间的距离更近了。

诚然，他们嘲笑每种来自远方的新语言，但仍然好奇，并参与其中。不管是否同步，他们都设法用英语互相问候，流利地说"Hello"，好像"Hello"根本不是英语单词。它是在这里生活的一部分。吉姆……巴斯……吉姆……巴斯……吉姆……巴斯。在候车室里的孩子们看到这一现象，开始无休止地模仿取笑。孩子们拿起破烂的棉袖子，扎成一条带子蒙住眼睛，然后呼叫吉姆。吉姆从长椅下、从肩膀后面、从垃圾桶后面到处回应，并躲开伸出去找他的小胳膊。于是巴斯敲打长椅，击打墙壁，在黑暗中碰撞。呼叫他们的父亲，名字有西克斯彭斯、蒂凯、蒂博伊和卢奇。

城市就像火车。它也向每个方向喷烟，仔细观察时，它也在移动。有一点很奇怪，即使没有想过来这里会取得成功，但如果再次坐上火车回到先前安全的地方，也会有失败感，想要放弃。过去已经被尘封，不管它曾经多么富有目的性，过去就是昨天。它不能用来比较。当一个人回去时，需要回答一些问题，比如"布拉瓦约是什么样子的"这样简单的问题。为了充分回答这些问题，有必要多待一些时间，成为其中一分子。即使有人安全地远离人行道，也要仔细检查人行道，透过不透明的窗户看过去，然后迅速驶过，前往另一个目的地，在那里除了等待以外，没有什么紧急的事情要处理。

黑人们来这里是为了收集有关这个城市的故事。回来后，也许可以通过简单地制作一件可以紧握在手上的东西来讲述这个故事，这种神奇的东西不仅能提供关于城市的具体证据，而且能提供承载者的具体证据。所以他们需要时间来决定是否要回去。时光飞逝，显而易见，神奇的东西不容易找到。唯一具体的是人行道，但他们甚至不能在上面行走。

因此，最拥挤的地方是火车站，那里有候车室，人们在那里逗留数月，因为他们没有地方住。没有方向。他们从一个房间搬到另一个房间，把他们不太珍贵的物品塞到水泥地板上的木长椅下。长椅很宽，绕过三面墙。前面的墙有一个开放的拱门，只有部分遮盖物。一个较小的拱形开口没有门，直接通向下一个候车室，另一个候车室直接通向下一个候车室，但是不可能穿过每扇门走到房间的尽头，因为有障碍。他们身体成排地躺着，突出地面，但是空间不够，所以地面上很快布满了袋子和难以入睡的身体。他们在候车室等待。

夜晚时，里面漆黑，没有光；偶尔，列车运行时将光照在站台上。候车室的屋顶突起，一直延伸到下个站台，遮住了月光。远处，凌晨时出现几缕暗淡的光。灯像钟摆一样晃来晃去，男人们手持着灯在检查铁轨，缓慢地上下移动，像萤火虫一样跳动。现在，冷凝空气覆盖着厚厚的玻璃灯，一束光透过，晨雾涌现在车站远处的工棚的波纹状屋顶上，就像从大锅里冒出来的蒸汽，远远弥漫到最后一个站台。铁轨冰冷，闪闪发光，金属边缘上挂着凝结的露珠，露珠滑过金属接头和螺栓上厚厚的黑色油浆。宁静的夜晚，男人们提着灯巡逻检查。有些男人双脚踩在破碎的砾石上，滑向铺设轨道的凸起的地面；有些男人步伐整齐地走在木头上，柔和无声的热量涌向膝盖。

随着火车靠近，地面像地震一样震动。如果把手平放在候车室的地面上，会感受到地面像心跳一样咚咚响。火车终于来了。那些没有在长椅上找到位置的人很快学会了睡觉时忽略那狂乱的震动声。夜晚漆黑，没有洗漱的饥饿的身体拥挤不堪，里面呼吸不畅。就在这里，一个孩子出生了。

来到这里总是有很多原因。有些人想找这里的一个亲戚，他们不知道这个地方这么大，如果没有提供固定的地址和明确的方向，肯定找不到人。然而，他们没有返回自己的家园，而是逗留了下来，很开心地融入混乱。即使没有参与，他们也是整体的一部分。他们不洗衣服，手提箱越来越潮湿，他们把手提箱丢在大金属垃圾箱旁，最后，除了火车靠近的声音，所有的东西都被丢弃了。

这个声音让他们想起遥远的迷失的地方。这里充满各种可能性。有些东西可以改变，成为成长的事物的一部分。通常，一名警卫会将他们驱赶出候车室，要求他们出示车票，证明他们正在等哪趟火车，或者让他们拿出打算买票的钱，他们满脸通红，拿起小器具冲出去，然后一个接一个地返回。他们去了城市的边缘，但是又回来了。他们无处可去，只能待在候车室。

找到工作的人离开了，剩下的人待在原处，让时间抚平饥饿。他们欢迎新来者，让新来的人背靠在墙上，这样这些新人也可以找到空间。每一次，他们都能欣喜地看到新人好奇的眼神和第一次在街灯下徘徊时惊讶的表情。

逗留在车站的人觉得有必要把每一次可能的冒险告诉新来的人，这样他们可以声称自己拥有独特的东西。首先，他们极力推崇待在这里。为了证明这一点，他们详细描述了城市里的情况：穿着紧身裤的黑人妇女们穿着红色高跟鞋，踩在人行道上，手里拿着与之相配的包；她们穿着超级富有光泽的连裤袜，光滑的透明丝绸衬衫与黑色皮肤、胸罩和连裤袜交相辉映；黑人妇女们将脸刷成白色，像牛奶一样柔软光滑；周末你可以踮起脚尖站在城市大厅，看到屏幕上恋人拥抱的画面，或者一个戴着牛仔帽的白人男子骑着马，鞭打一个光着身子的男孩的画面；要描述一个茶杯，这是另外一件事，需要悄悄爬上窗户窥视，或者漫步到头等舱候车室，以便分辨茶碟；他们每天讨论在街角处买的印刷报纸的内容，然后，在一天结束时，每个街道的角落都是被丢弃的报纸；每个城市的街道都会有巡逻的警车，里面坐着佩带警棍的白人，他们随时准备使用警棍。

长期逗留车站的人告诉新人相互体谅的规则、在这里和不在这里的区别。只是活着。在洛本古拉街上，他们可以看到亚洲人家庭经营的商店。

他们讲述了许多生活在小巷和与世隔绝的夜店、酒吧的女人，在那里，她们依靠长期失去的羞耻生存，远离亮光。黑人男人们经营着自己的商店，戴着领结的他们秘密地卖瓶装酒给黑人妇女，喝酒的地方就是一个狭窄的小房间，悬挂着的布满灰尘的圆筒灯透着忧郁的光。在这忧郁的黑暗中，女人们从一张三条腿的金属桌子下面伸出双腿，男人们在桌上打牌，戴着破烂的红色贝雷帽，他们相互吵架，拔刀指着对方，威胁哄骗，硬币叮当响，滚到生锈的桌面上。一个女人站在墙边，摆出一个近乎真爱的姿势，她深情地凝视着男人们弓着的肩膀，一边慢慢地从一个扁平的手掌大小的皱巴巴的塑料袋里啜饮着非法酒。另一个女人坐在地上，膝盖抬离地面，胳膊搁在膝盖上，一个空瓶子被丢在她的大腿下，裙摆在屁股后面皱起，她认为自己已经准备好接受长久的拥抱。在她身边，从高处落下一顶无边的黑帽子，她上面的男子弯下腰来，放下一整瓶新鲜牛奶。

这些女人无论何时想到什么就说什么。她们讨厌误解，因此她们重复每一个词，大笑，不道歉。据她们所知，道歉是不愉快的，需要屈膝然后起来；当然，她们没有力量道歉。白酒虽然清如水，但是燃起了所有的欲望。男人们喜欢这种燃烧的欲望，他们带着欲望回家，在家接受每个虚假的承诺。他们爱这些屈膝跪下的人，袖子随意搭在肩膀上，每个单词的末尾缺少了音节，无穷无尽的纯粹失去吸引力。

女人们头晕目眩，神魂颠倒，漫步在夜色中，路过工厂和制糖加工厂，那里除了糖以外什么也没有。她们可能会讨厌烟，但她们喜欢这种惊人的对甜味的奉献精神，所以她们走得更快。她们跳过甘蔗燃烧后剩下的粗茎，甘蔗是下午从大货车上卸下的。浓烈的甜味使早晨的空气变得清新，她们清醒了一点，她们摆动的脚步、臀部和胳膊变得和谐，没有必要抬起胳膊抹去眼睑的疼痛。相反，她们真诚地聆听，长期被遗忘的欲望溜过她们的双腿，她们继续行走时，欲望像一个无价的秘密一样停留在那里。她们闻到了糖烧焦的味道。烟从六根高耸的热柱中螺旋上升，遮住了星星。女人们认为没有什么太严重的事情，只是正在燃烧的煤和烧焦的甘蔗。

九

德利韦痛恨警察。

她讨厌黑人警察。她说,黑人警察不仅能吃掉他们自己的呕吐物,而且可以狠心地切开他们自己母亲的肚子。否则,他们为什么要接受这份工作?这份工作的唯一乐趣就是骑亨伯牌自行车沿街走,将女人们推上警车,牵着垂涎黑人血的狗。没关系,大家省下辛辛苦苦赚的每枚硬币,就是想拥有一辆亨伯牌自行车。看着一个人在这种外形诡谲的金属工具上保持身体平衡,这多么让人头晕目眩。没关系,什么都没关系。这些警察是邪恶的。她恨他们,这不是秘密。

德利韦在西多日韦E2街道的小房子是个活动场所,客人可以在此待到下半夜。她将房子前面隔出一个门廊,周围种满荆棘、树篱。冬天,荆棘结满黄色的种子,长长的种子上悬挂着像糖浆一样浓稠的果汁，果汁从裂缝中倾泻而出。星期日下午，她打开前门，这样可以听到普里默斯炉子上烹饪的声音。她安静地坐在门廊上的空啤酒箱上，箱子上面写着大型的黑体字"南罗得西亚"。拥有这只板条箱是一种犯罪行为，她会因此受到惩罚。

德利韦曾经被关在一间警察牢房里整整一夜，因为她在住处贩卖酒。牢房呈方形，屋顶下垂，墙壁没有颜色，随时可能会坍塌，没有地方可以和男人做爱，当她被告知这是一栋房子时，她头往后仰，笑得像个疯女人。这时警察掌掴了她。后来，德利韦总是把她的左耳伸过来听你说话。因为在拘留期间，她受到殴打，右耳失聪，她却从不解释。她继续自制酒卖。警方已经告诉她，她卖给客户的非法酿造的威士忌酒会破坏肺部。"你有没有剖开过一个黑人看看他里面有没有肺？"她问。他们又打了她。一个黑人警察跟着她回家，主动提出要治好她的伤口。她向他吐了口痰，他扇了她一耳光，并告诉她在回来接她之前，他会让她的牢房没有蟑螂。他把她的门半开着。

当德利韦回到西多日韦E2街道时，她继续生活，好像没有人打扰过她似的。每当有人问她怕不怕警察时，德利韦总是回答："每个人都有客人。"德利韦甚至都不是一个值得一看的大个子女人。一个五十多岁的女人，又瘦又高，好像什么东西都不用吃。一条红色围巾总是系在头发上，不是因为她羞怯地想遮住白发。不，她没有白头发。她很忙，所以她不得不用围巾蒙着头。她后脑勺的结把她所有的计划都绑在一起。她还有别的事情要考虑。从她身上看不出她有这样的勇气,除了她的那双眼睛,如蛇蝎。

她在去警察局的路上从警车上摔了下来,蝎子在她的眼睛里复活了。她不想去,坚称家里有客人,自己没有构成犯罪。她不喜欢被押着去警察局,她说她会走着去。警车正全速前进时,她试图跳下来。她掉了下来,滚到路边,她躺在那里,被自己的冲动惊呆了。司机在几米远的地方停了下来,向她的身体所在的方向倒车。她看着轮子转动,她的眼睛冒火。车轮不停地转动直到挨到她的身体。他们把她扔回车里,用手铐把她铐在车上。整个过程她都躺在那里。德利韦的眼睛一直冒着怒火,吓坏了一些人,却让其他人,比如费费拉菲,满怀希望。

德利韦的房子是一个地下酒吧,从日出到日落都营业,顾客可以在里面买酒,并一直待在屋里喝酒。房间的四角点燃了四根蜡烛,德利韦总要提醒顾客当心蜡烛,不要烧掉窗帘。窗帘是一块被撕破的薄布,整天都垂下来。窗帘遮住了一个小正方形窗,她在小小的窗台上面存放火柴和没用过的蜡烛。她掀起窗帘,看看街道上是否有警灯,如果有警灯,她就会快速地把酒隐藏起来。警车速度很快,经常凌晨在附近突袭搜查,寻找犯罪的证据。他们在错误的地方和错误的时间寻找:有无犯罪从眼神就可以判断,白天有人亲眼看见了犯罪行为。由于这些夜袭,德利韦总要像她出生那天一样一丝不挂地上床睡觉。她喜欢看到警察眼中的诧异。

当警察大喊，骂她是个可怜邪恶的女人时，她才慢腾腾地穿上衣服。

费费拉菲去德利韦家的那天，梵巴萨已经离开一个星期了。她摆脱了他的保护，却暗自窃喜。没有他，她自己能做决定，这让她感觉完整了。她想听听奎拉音乐。毕竟，她只是在蔬菜摊短暂地见过德利韦，虽然她们都住在西多日韦 E2 街道上。在一次偶遇中，费费拉菲听到德利韦拔高的声音，尖锐而坚定，这毫无疑问地说明德利韦能够驾驭自己的话语。然后，她看到德利韦后脑勺有一个结实的红色结。接着德利韦笑了起来，但没有什么可以隐藏她眼睛里的蝎子。她扭过脖子，声音更加激烈，发出缓慢和从容的声音，声音中没有词语，却拒绝了其他人暗示的意见。德利韦的舌头、脸颊和其他身体器官瞬间吸入空气，发出声音，这只有她能驾驭。那一瞬间，费费拉菲觉得太阳与德利韦一起升起和降落。她欣赏从德利韦嘴里说出的每个词。她想要拿起这个词，把它放进自己的嘴里。费费拉菲深深地被德利韦迷住了。德利韦嘲笑卖菜的妇女，说她们是她在非洲见过的最懒惰的人。她说的非洲其实指的是西多日韦 E2 街道。费费拉菲藏起篮子里的西红柿，像一只饥饿的动物一样跟着德利韦来到她家，她知道德利韦对卖干蔬菜的人不耐烦。

在第一天，德利韦只想打扫房间的地板，这样房子能够更加吸引顾客。她从屋内扫出瓶盖和几张破报纸。她拿起一些叠好的报纸，放在一本圣经中间。她把圣经扔到地板的另一边，她仿佛不想再看到它。费费拉菲感到困惑，德利韦忽略了她的感受，德利韦拿起一件夹克，说这是一个男人留下的。德利韦把夹克挂在后墙上，但是她先翻了翻所有的口袋。"他是个可怜人，"她说，然后把那件夹克拿到房间最暗的角落里，"如果他两个星期内不回来取夹克，我会在市场上卖掉它。"

费费拉菲答应有音乐的时候会再来。德利韦笑了，她想知道，如果梵巴萨知道他像鹰一样保护的女人来她的地下酒吧，他会说什么。德利韦认识梵巴萨，知道他珍惜费费拉菲胜过他认识的每一个女人。他声称他把费费拉菲像拉鱼一样拉出水面，每一个迹象都能证明这个故事是真的。费费拉菲没有任何瑕疵，不管其他女人如何努力寻找，都找不到缺点，如果其他女人找到了，肯定是她事先恶意地把缺点放在那里的。费费拉菲承诺会再来，德利韦没有理会她。

虽然德利韦很好奇这对美好的情侣以及他们之间的忠诚，但是她认为最好不要激起梵巴萨对自己的愤怒。毕竟，他好不容易才找到这个女人，费费拉菲的身体充满朝气，胸部坚挺浑圆，声音柔软舒缓，没有其他女人可以超越她的魅力，没有男人会无视她的请求。德利韦的干涉肯定会使梵巴萨不高兴。他是一个有自己想法并很难打开心扉的男人。然而，事情以不同的方式发展，因为费费拉菲是一个会自己选择命运的女人，她喜欢看从灰蒙蒙的早晨到蓝月亮升起时地平线的变化。她认为德利韦是太阳，她自己是地平线。德利韦没有意识到自己的吸引力，也没有抬头看到费费拉菲站在那里看着她，这似乎让费费拉菲插上了幸福、狂喜、自由、宽大的翅膀。德利韦没有注意到，自己将手伸进每一个男人的口袋，这正是费费拉菲需要回来的原因，她再一次头脑混乱。她低估了费费拉菲的需求和决心。

梵巴萨认识德利韦，却不喜欢她。他说她在教年轻的男孩子们忘掉烦恼。他说他讨厌她的方式。她是那种能让男人爬行的女人，他们出来时好像没有用自己的两条腿走过路似的。她喜欢看到男人跪下来。费费拉菲不理解梵巴萨的真正意思，她下定决心瞒着梵巴萨去拜访德利韦。

那天，她决定去德利韦家，她穿上最好的衣服，沿着西多日韦E2街道行走。她感觉这是马科科巴最长最黑的街道。她害怕地走着，星星好像要从天空俯冲下来。她穿着一条亮白色的裙子，下面是一条硬衬裙，她曾经把衬裙浸在一碗加糖的温水里，然后熨干。她像一只白蝴蝶，腰上系着腰带。

费费拉菲很高兴晚上能够独自一人走到德利韦家。她一直等到深夜才出发。她安全抵达，走入一团浓烟中，烛光试图穿透浓烟。燃烧的香烟头在整个房间红光点点，描绘出胳膊上下发光移动的轨迹。气氛悠闲，好像里面的人在这个世界上从来没有听到过什么事情。费费拉菲走近房间时听到他们嗡嗡的声音，不，她感觉这轻柔的声音就像羽毛在胳膊上画圈。在这个陌生而快乐的夜晚，她用皮肤感受一切，感受房间远处吉他弹奏时简明音符的爱抚。

当费费拉菲走进房间寻找德利韦时，只看到男人的帽子的轮廓在抬起的膝盖上形成柔和的线条。膝盖上的帽子曲线下面是一条细长的裤子，中间被压出一条笔挺的边，她想用手指去触摸。费费拉菲从来没有见过有什么能像这些聚集的人那样整洁。她焦急地四处寻找德利韦。

男人们坐在矮凳上。现在她知道为什么德利韦费劲地把地板擦得发亮了。这些男人指尖一摸地板，就充满自豪感。费费拉菲是唯一的陌生人，她突然觉得自己不完整，没有准备好迎接这场邂逅，她的情绪太俗气也不完美，她没什么经验，像针一样纤细。今天晚上，所有男人都围绕着她，她本应该昨天来，而不是今天来。她非常清楚自己是个女人，房间里的一个女人。这虽是一个简单的事实，对她来说却如此新鲜。费费拉菲比以前更害怕门外的黑暗夜色。一处悬崖，她正站在悬崖的边缘，下面的地面永远存在。下面的地面是女人坚实的依靠。她希望能站在地面上，所以她让自己一直往下降落。

进入这个改造过的房间是宝贵的经历。即使在黑暗中，她也能看到每只尖尖的鞋头，她好奇这五个脚趾是如何挤进这样狭窄的空间的。令人兴奋的是，鞋尖很干净，帽檐被精心抚平，帽子和鞋底下方响起吉他粗糙的音符。一个简单粗糙的音符，一根断了的弦。

费费拉菲又看了一眼，那双闪闪发光的鞋翻转了，从地上抬了起来，巧妙地靠在脚跟边缘，蜡烛柔和的灯光照亮了擦得发亮的皮革和又结实又整齐地系着的鞋带。她的眼睛逐渐适应了房间的黑暗，她停了下来。黑暗中她拿起一顶柔软的帽子，她紧紧地抓着帽子，吉他声继续在她的皮肤下跳动。她思绪飘摇。

男士穿的夹克很长，一直到腰下面。夹克落在地上，蜡烛在夹克上烧出四个整齐的圆洞。她看到颜色在飞扬——衣服从亮绿色变成青蓝色，再到鲜红色。白衣从月球上偷走了每一盎司的魔法。

费费拉菲完全没有准备。当音乐流入房间时，她差点痛苦地倒在地板上。它像一把锤子、一棵被砍倒的树一样击中了她，尽管声音很远很低，她的双眼还是流下了小溪般的眼泪。她目瞪口呆，受了伤，她扶着门，听着溪流变成河流，把身上的每一块巨石、每一块坚硬的岩石都移走了。河流留下一条隧道，一条空洞的隧道，她用漫长的欲望填补。一种渴望。她会游泳，但她更喜欢沉入水中，用赤裸的身体和伸展的双臂触摸河底。

她仍然站在门边，但轻轻地关上门，就像盖在珍贵液体上的盖子。她看到一个男人从膝盖上拿起一个闪亮的乐器放到嘴里。他满怀爱意地站起来，他的双肩平滑，身体有型，夹克顺从地掉在身后，整齐地掉到膝盖下面。衣服就像皮肤。

他准备弹奏。他向上举起双臂，紧闭双眼。他的双肘推开其他想法。轻柔的音调一直响起，不断升级，满足了每一只耳朵。房间里安静了下来，所有的声音都停止了，就好像那个男人站起来是一个标志，一个命令。他的衣服整齐、对称，他的歌声完美、和谐，他的音乐可以治愈人。

他弹奏出了一首哀伤的曲调，这首曲调没有开头，费费拉菲觉得她以前听过这首歌，她在歌里面呼吸、生活。她悄悄爬到房间的一个角落，跪下，音乐声低沉，像一股异想天开的风，一开始几乎听不见，像干枯的树叶，但声音慢慢地变大，在声音到达地面之前，她穿越、触摸，最后，手从门口放下来，保持在那里。

费费拉菲纤细的胳膊高高抬到门顶，一直放在那里，直到超过她心脏能承受的时间，直到头上的重击声发展到她无法忍受的程度。她放手，不是因为她想放手，而是因为她必须放手。她再一次看到手垂向地板，她内心的痛苦之井让她充满了惊奇。

费费拉菲原谅了埃梅尔达，因为她知道做 个女人，用断肢飞行是多么困难。她想念埃梅尔达，在孤零零的回声中，节拍深入骨髓。费费拉菲知道这首歌曲，知道它的每次触动。她好奇是否应该原谅格特鲁德而不是埃梅尔达。费费拉菲想笑，房间对她来说很新奇，不，还有属于她的伤痛……她不知道在垂下的手中，伤口是否会流血，会流多久的血。她不应该碰胳膊吗？她根本不介意死亡，只是血要流那么久，才能使死亡成真。后来，过了很久她才流出眼泪，这让流血更加真实。根本没有欲望，除了河流流向各种畦、沟、槽、无边的河道外，她内心什么都没有。现在没有眼泪，音乐让她感到空虚和痛苦。找到埃梅尔达，埃梅尔达。

　　费费拉菲将右手放在胸前，忍住伤痛。终于，她找到了埃梅尔达。

十

梵巴萨看到天空与大地剥离，那是大地和天空之间的距离。这座小山是个惊喜。

一只手向前挥动，投掷重物；另一只手选择了曲调并添加了一个词。给一首歌增加一个质朴的词，这让一切更凄美。一个词的诞生比一个孩子的出生更重要。

男人们唱着歌，砖头在手中传递，或推或抛。搬呀，吊呀，抬呀；推呀，搬呀，抬呀。

他们在卡车旁边排成长龙，梵巴萨站在他们当中。他们一个接一个地前后站着，一直延伸到被选中要建成新大楼的地方。这个地方位于上坡，所以这些站在那儿的男人看起来像一串珠子，轻巧脆弱，他们弯下腰拿起砖头，脑袋快速移动，每个男人不停地伸出胳膊然后收起胳膊——用天生匀称的身体运送每块砖。

　　他们只要能呼吸就会歌唱，他们的歌声和音调硬如木炭，喉咙像燃烧的木头。他们的脸是声音的面具。眉毛消失在满是皱纹的前额。胳膊光滑得像被打磨过的石头，汗水从闪闪发亮的皮肤上淌下来，从脖子的底部沿着深深的背脊流下，形成一道汗渠。他们弯腰拱起背部的肉和骨头，像翅膀一样荡漾。

　　这项任务完成得很快，几乎没有停顿，他们的身体不停地疾走。洪水中的黑木绕着圈转。如果沿着这条河有一个河岸，那么河岸就不是庇护所，而是敌营。这是一笔未知的财产。身体被一个障碍物盲目地推，然后再被推。木头浮在水面上：火焰熊熊燃烧。

　　在这些正在工作的男人的头顶上方，有一道厚厚的盘绕着的铁丝网，把土地隔开。那里没有树，只有矮小的荆棘和从地下挖起的突出的灰色岩石。岩石像火炉一样吸收热量。五颜六色的蜥蜴聚集在岩石上，像受伤的手指一样平趴着，像彩色岩石上留下的原始手印。男人们很快搬走岩石，为新的建筑腾出空间。蜥蜴不确定人手的舒适性，为了安全，它会牺牲自己宁静的休眠处。世界倾斜了。张开的手将合拢。

　　看不见，只感觉到。穿过刺骨的天空，越来越高。白人的梦想取代了荆棘、岩石和灿烂的银色天空。在每一次的胳膊摆动和内疚下跪后，在一起歌唱每首哀歌后，某个地方在等待着男人们鲜明的羞耻感，它们像泥泞的瀑布一样喷薄而出。

他们被告知该做什么，该站在哪里。他们用自己长满老茧的双手塑造未来。他们用独轮车混合水泥，砌砖。根据每面墙上落下的影子长短来判断一天的时间。大胆的结构出现。

梵巴萨和其他男人一起一块一块地搬砖，但他的思绪飘过双肩，飘过蓝色柔和的天空。他深深地想念费费拉菲。他必须让她在身边，不知何故，一直。她必须属于他。他现在更了解她了，每天都看着她，他坚信她需要更多。"我想成为一名医院护士，"她说，"我正在申请。"她有资格参加这门课程，她想象在没有看到任何证明的情况下，她的申请会被考虑，这很荒谬。她声称一位来自联合学校的教师曾经告诉她，到1946年末，黑人申请者会被护士培训学校录取。这个问题甚至在议会上讨论过。

梵巴萨没有鼓励她，相反，他提醒她他们共有的东西。"我们在一起很快乐。我工作，我照顾你。你没有必要去找别的事情。"他坚持要她保持坚定不移的忠诚。他不信任城市，城市里的人不理解一个男人和一个女人在孤独中所能找到和分享的那种心满意足的感觉。难道没有人知道他愿意死在费费拉菲的手心吗？

重要的是，她理解他的恐惧，而不是他的约束。联合学校建于1903年，坐落在教会街道。到1935年，学校已经稳扎稳打地树立在那里，贫穷但好奇心强的人都可以进入学校学习。不管费费拉菲的生活多么混乱，她的母亲都确保她能上学。尽管格特鲁德随时准备跑走，还选定了逃跑的途径，但她还是对开门充满信心，她只注意保持鞋尖干净。

联合学校提供了机会和安慰。费费拉菲在那里从预备级A上到标准六年级。这是费费拉菲接受的最高级别的教育，对她来说，培训成为一名护士，这个级别就足够了。

重要的不是成为一名护士，而是向前的动力，进入新的未尝试过的世界。她心里涌起一种痛苦的渴望。如果情况允许，她将会是第一个接受培训的学员。"没人会来敲我的门让我申请。"她对梵巴萨说。"如果我们不申请，会有人知道我们感兴趣吗？"她问道。

费费拉菲知道和收集的信息不多，这样最终可能会有点用。她情绪激动且充满好奇，她用一种充满希望的口吻对梵巴萨说，相信他马上会理解她，会让她惊讶。梵巴萨不允许她这样做。"我们一起有自己的生活。"他重复道。她转过头去，垂下双臂。他们保持沉默，费费拉菲希望她再也不必和他一起受苦，梵巴萨知道自己再也无法承受，这让他窒息。他想爱她而且不用承担任何风险，但费费拉菲出生在马科科巴中部，她进步的想法先是上联合学校，接下来是上护理学校。梵巴萨不知道她是否会申请。费费拉菲想知道他是否能阻止她。

天空解放了他。梵巴萨听到旁边男人的喘息声，他的注意力回到了工作上。他们触摸松软的土壤时，像抛弃腐烂的水果一样抛弃了记忆，只抓住根和坚硬的东西，学会倚靠从泥土中挖出的沉默的岩石。他们的力气消耗殆尽，但是不放弃。身体已经屈服，却还要抵抗。每个人都有平等的时候，每个人都有结束的可能：突然地、突兀地结束。每个人都有情感。

轴心是锚，是起源，不是情感本身。情感更为强烈，不能固定到一个地方，它会消耗整个身体。尸体变得温和，像独木舟一样在湍急的溪流上倾覆，然后掠过水面来到惬意的岸边，没有下沉；这与木头的重量、两端，纤细的船身和溺水者的位置都有关。

水里，船桨牢固地撑在一个地方，从而形成涌流，这使整艘船转向另一个方向：由于惯性的力量。

梵巴萨弯腰拿起一个工具，他甩着肩膀扔一个物体。这不是屈服。愤怒聚集在他心灵最微小的孤独中，对自己最仁慈的层层叠叠的历史中。愤怒与加力动作同时发生，它以熟悉的方式先于物体落在坚硬表面上的声音，和物体之间建立了联系。一旦我们听到同样的下落的声音，同样的物体落在同样的表面的声音，那么我们不需要看到物体坠落，就能将声音与物体联系起来。行为背后的情感像声音一样可以预期，闭上眼睛记录某一事件的模样，情感可以在这一时刻恢复。这是记忆的完美之处。

两臂摆动，向前推。头低下。肌肉颤抖并且充满敌意地紧绷着。某种情感被释放，却与更值得原谅的其他缓和的情感相碰撞，也许是做了一场梦。另一个词进入空中，赦免了每只移动的胳膊下隐藏的东西，以及眉毛下积聚的东西。这个词吸引了另一个词，两个词可以酿蜜。我们在这里。我们迫切而又睿智地说出，我们在这里。词正在此刻此处酿蜜。

摇摆和触摸，每个人都紧握着对方所说的话，每一句话都让这一刻更加激动人心。一个词的诞生充满暴力和沉默。这些词被抛向一个相反的世界，所以它们猛冲猛拉。每一句话都有目的性，每次沉默都像缺席的欲望一样真实。他们因说不出话而无力，向前走，然后弯腰。他们向后倾斜，然后弯腰。是的，有东西在他们的嘴唇上燃烧，像蜂蜜一样。

他们的声音均匀地扩散，像蜜蜂的嗡嗡声。铁锹敲打着地面，他们挖地做栅栏。他们唱着歌，铲起土，挖着土。他们不会被吓倒，眼睛盯着铁锹、砖块和水泥，为了创造出不属于他们的事物。时间使他们失去了理智。他们被独特地安置在这里。这个地方，这个时候。他们像蜜蜂一样嗡嗡作响，他们在花粉下方、在自己的双脚之间弹奏音乐。

他们治愈了这一天，继续执行每个任务。他们双肩伏地，开始在地上修建墙壁，直到它比他们都高。他们唱歌的声音比建造的任何东西都要高，草在燃烧，在地平线上形成了一片云。地面被清理干净，土地也在燃烧。一层厚厚的黑色灰烬升起，掉落到忙于工作的男人们身上。他们脸上满是比花粉还轻的草，摸上去感觉比水滴还要干净。这是话语的本质，它起起伏伏，就像烟灰华丽地落在草叶上、羽毛尖上、愤怒之巅上。

　　清晨，一开始他们的声音像溪流一样涓涓流淌，汇聚在一起；下午，他们的声音同样甜蜜，像满载着蜂蜜的声音。

　　他们的声音紧紧地联系在一起，随着时间的流逝慢慢聚集。他们的拒绝没有在声音里，根本没有在声音里，因为声音有品质，像倒出篮子的谷粒、飘扬的秋天、吹进风中的谷壳、含苞欲裂的沉重的种子。种子随风飘落的声音。

　　黄色的尘埃划过地平线；鸟的翅膀栖息在树枝上；一片羽毛从树上落下。这些都是声音。

　　现在是晚上。梵巴萨躺在干燥的地上休息。

十一

　　找到自己，就是这样。费费拉菲想成为一个人物。她去了德利韦家不止一次，而是两次，三次，站在德利韦家门口，又一次徘徊在香烟的烟雾中，她把胳膊放在肚子上，抚平如同春天般聚集在那里的哀伤，因为那里充满渴望，燃烧的渴望。梵巴萨永远不会成为她所有渴望的开始或终结，她找不到合适的词来为这种渴望命名。不是男性的伤害或类似的情况。每当梵巴萨不在身边的时候，她都会思念他，但她感受到新的饥渴。不在皮肤上或任何她可以触摸到的地方。这种感觉像眼泪一样涌起。她想要做些什么，却不知道能做什么，它能为她的未来提供什么。

　　即使她听到水拍打岸边的声音，她也不能停止这种渴望，仿佛她是一条河，她的内心会暴发洪水。这就是渴望，因为她喜欢水在岸边的拍打，液体从胳膊流下，流到膝盖。

这是一种冲动。她不知道如何遏制，它像疼痛一样蔓延她全身。她不再思念格特鲁德，虽然她总是想念格特鲁德，现在格特鲁德彻底不见了，费费拉菲不再悲伤。找到自己，就是这样。她想念格特鲁德，想念格特鲁德能够像举起一根绳子一样轻松地举起胳膊，把胳膊肘绕到耳边听胳膊弯曲的声音。费费拉菲年幼的时候，要逗她开心很容易。格特鲁德听着胳膊弯曲的声音，好像那里有信息，然后格特鲁德还要求费费拉菲做做看，尽管费费拉菲很努力也不能将胳膊绕过来，所以她把格特鲁德的肘贴到自己的耳朵上听。儿时的游戏。她听到了翅膀在空中的扇动，听到了风轻轻地吹过那些细长的骨头。费费拉菲从未能够像那样扭转自己的胳膊，只有格特鲁德能独享那种轻盈。如果费费拉菲能做，她会做。所以她们都笑了，接受了自己的身体状况。

格特鲁德有一条进城时穿的裙子，还有一条待在家里时穿的裙子，她很注重这种区分，进城时穿的裙子总是挂在金属衣架上，放在打开的窗户旁的木栓上，这样它就可以时时晾在空中通气。那是一条紧身裙，能表现出她的精力满满和蠢蠢欲动。格特鲁德只要穿上那条裙子，邻居们就会转过头咒骂，她们觉得自己的隐私受到了侵犯，也考验了她们自己的吸引力。她让信任变成灰烬，鸟从树篱中飞出，格特鲁德长长的胳膊肆无忌惮地散发出给人温暖感的体味，她肩膀的曲线看起来比天堂更有威力。

浅绿色裙子在腋窝处已经褪色，但这看起来更让人开心，其他部位开始老化，她胳膊下方的衣服已经有洞，她没有管。缝边开始松了，线要断了。大大的下摆像熟透的东西一样软绵绵地从膝盖上垂下来，上面的针脚很随意，尽管颜色和布料一样，是令人羡慕的绿色。比起其他部件，裙子的纽扣更吸引了大家的目光和凝视：闪亮的纽扣颜色强烈，比布料的颜色更鲜明。在阳光的照射下，她的身体分为明亮的两半。格特鲁德身材匀称，哪一半看上去都很迷人。她有一颗跳动的心。

也许费费拉菲应该保留这条裙子，至少应该在毁坏它之前试穿一下，但裙子上留下的伤口让她对穿它不感兴趣。她考虑了很多，还是不想带着另一个女人的创伤。费费拉菲记得格特鲁德回家晚了，还穿着同一条裙子瘫倒在床上。格特鲁德从来没有像那样不更换实用的衣服就倒在床上，从来不会把最好的淡绿色裙子弄皱成那样。然而，她说她累了，躺下来，睡在床上。她半夜起床，穿得再好不过了。她带着睡意游走，等待惊喜。她的裙子前面，从领口一直到膝盖下都是纽扣，绿色的大纽扣整齐地塞进扣缝里。

即使只是夜色中的一个影子，费费拉菲也唯独忘不掉格特鲁德。不是因为这条裙子，而是因为格特鲁德穿着这条裙子行走，向前飘移，仿佛她拥有了尤卡瓦路的一切，虽然很明显她随身携带的就是她拥有的一切。格特鲁德有她的优点。她看一眼另一个女人，眼光直接、优越，天生不屑，绝对忽视其他人想说的话，这让另一个女人震惊。虽然优点不算多，但它们是有意义的。格特鲁德眉毛卷曲，额头上精心设计的皱纹精致，嘴唇紧闭，步伐缓慢却坚定，没有人能不被吸引。当然，她的身体充满魅力。不像其他女人，她既不需要尼龙袜也不需要一双很好的高跟鞋来展现她的优雅。她既没有抹粉，也没有用旁氏化妆品，没有耳环或其他吸引人的装饰物。她只有慵懒的脚步声和她那喂过一个孩子却没有感觉到任何伤痕的优美身躯。

费费拉菲本应该暂时留下裙子。只留一天。离1946年还有几天，为什么不再等一个星期，在午夜烧掉这条裙子呢？一天的时间足够了。那个警察漠不关心的语调和站在那里的方式让她混乱了，好像他整天都在那儿，他把帽子拿在手里，好像她真的很重要。这使她困惑，因为她知道事情完全不是那样。他甚至不知道她母亲的名字，当他不知道时，他既不关心也不问，却潦草地写上尸体的名字。费费拉菲对警察一无所知，只知道憎恨警察是一种安全的习惯。当他们问一个问题时，最好尽可能少地帮助他们。如果他们提供帮助，就赶紧跑走。她不知道如何应付这个手上拿着帽子站在门外的警察，她仍然想到母亲倒在同一扇门边，警察拿着当时她母亲穿的裙子，递给她，等候着，看着她读上面的字母，在写着埃梅尔达的袋子里寻找。

梵巴萨，费费拉菲思念他，她感觉太孤独了。现在他进了房间，她还是觉得孤独。她很想把自己的感受告诉他，但她害怕看到自己造成某种东西消亡。然而，她会变成谁？怎么变？她能在哪里？拥有什么样的翅膀飞翔？她渴望得到比桃子或其他她喜欢的水果更甜的东西，这种渴望促使她用手指追寻德利韦的门框，寻找隐藏伤痛的地方，她知道就在那里，在她内心深处，在她听到的那首圣歌和音乐里。持久的伤痛。音乐停止后她又感到男人们在盯着她看，感到他们的笑声和戏弄，其中一个人把她拉到腿上，像一根羽毛一样翻过来，然后她滑倒了。他一声不响地抓住她，又放了她。

其余的男人优雅地笑着，费费拉菲一点也不介意，这是为了寻求一种微妙的平衡。或者她是这样想的。男人们通宵谈论着音乐，谈论着林波波河对岸的金矿，他们中的一些人曾经去过那里，这种记忆在他们的脑海中闪烁，他们说话有口音，因为他们来自河对岸，却没有淹死。山上的空气很冷，像石头一样，从山的底部能看到这凝结的空气，一朵白云从天空中伸展开来。这很美，他们唱起神圣的曲调，知道如果他们没有穿过林波波河去那片遥远的土地，他们就看不到跟流星一样雄伟的东西。

虽然他们描述了矿山和洞穴，讲述他们在里面工作好几天甚至好几个星期，但费费拉菲根本不相信。在那里，他们挖掘，聆听火车声，随着这个动作唱歌，这样他们的胳膊像钢一样强壮，像光一样快，来回敲击，然后离开。

男人们称赞费费拉菲，形容她是一朵盛开在阳光灿烂的水池中的百合花。她不介意这种描述，只是好奇，因为她从未见过这样的事物——一朵盛开在水中的花。她只知道乌姆古扎河，当然不是他们富有感情描述的有急流的林波波河。一朵盛开在水里的花，那就是她。她很困惑，听他们描述了每一片花瓣，纯洁、璀璨的黄在花蕊处变成浓烈的纯黄。早晨，花瓣随着太阳打开，夜间合拢。她笑着表示她没有认真看待这些描述。相反，他们说她的笑声使他们想起鸽子的翅膀，她不知道这是怎么回事，她很害羞，像一朵弯着腰的向日葵。她抬起眼睛看着他们，看到了向日葵。在那个房间里跟这些男人待在一起很神奇，他们见过平坦的土地和荆棘丛以外的东西。他们说话只是因为他们觉得男子汉有责任说些什么，这使她感受到自己作为女性的责任。她觉得不只这些。她想要的不仅仅是责任，也不是在陌生男人中间感到短暂的兴奋，他们巧舌如簧、善于调情。她想要重生。

穿着绿西装的男人说女人是为爱而生。如果一个男人足够爱一个女人，她就会吐露心事。那是世上最可爱的女人，一个被爱得够深的女人。这是世上最真实的女人，男人能过上幸福的生活。他直视费费拉菲，只跟她说话。她看向别处。她想抬高声音，说根本不是那样的，而是女人一定要足够爱自己。那样的女人才是世上最可爱的女人。她相信这一点，但不能说出口。她保持沉默，因为她对信仰仍然感到困惑，她无法回答的问题是，一个女人是怎么做到这一点的；她怎么会爱上自己的膝盖，怎么亲吻自己的手肘；她如何感受到所有的微风、所有的早晨，还有所有的爱。寻求更多的东西，也许只有别人能提供，爱一个男人仅仅是因为她能爱。事实上，穿着绿色西装的男人身上的某些东西让她心跳，是的，她的膝盖由于他温柔的爱抚而无力。找到她自己，就是这样。她不知道这意味着什么。

在那之后，费费拉菲可以看到男人却不摔倒，不用在他的眼中寻求庇护，然后她可以和他在一起，不用像一片干枯的花瓣那样燃烧，这种燃烧是因为一个男人爱她，她感觉被困在暴风雨中，马上就要被淹死，尽管她确实也爱他。她想要用其他条件来阻止他出现。在他将手指放在眉毛上，告诉她，她脸上的笑容是藏在眉毛边上的之前，在他说她笑时会皱眉之前，在他告诉她她胳膊光滑，她拥有直挺瘦削的臀部之前，她爱她自己的眉毛。她想要之前所有的时光，在他没在里面她双腿感觉空虚无用之前的时光。她想要拥有归属感，不同于那种取决于另一个人对自己的奇妙要求的归属感，因为她是一朵盛开在自己的绿色水池中的花。他伸出强壮的胳膊为她做所有的事，这使她感觉孤独，在此之前，她想要从水中采摘那朵代表自己的花。她没有想让一个男人横穿林波波河，带着她的绿水池和她的花回家，摘掉她的花瓣，折断她的绿茎。如果她是一朵花，所有的水都干了，而他没有给她的花园浇水，那怎么办？她一无所知，甚至都不知道她是哪种花，只知道是一个陌生人告诉她的某种水中植物，这个人长途跋涉，穿过她没去过的遥远的姊妹山。她知道这是块旱地。她必须在这里找到她能找到的，从她自己的土地里，从她的身体里寻找。她张开手，搜寻。一片花瓣。淹没在水里。她屏住呼吸，游到岸边。她能做到这一点，而且做过。

费费拉菲不知道如何对穿绿西装的男子表达自己的所有愿望，因此她没有回答，而是停了下来。她倾听着，保持沉默。她看到了黄金，看到摇曳的姊妹山之间有一个山谷，有沟槽，有潮湿的新生事物。她想知道她怎么才能找到一棵树的根，而不是树枝，如何能像这些男人一样跨过林波波河获得一段闪闪发光的记忆。一个女人如何获得一段时间并使其闪烁？一朵花淹没在水里要怎么开花？当她没有挖掘泥土寻找真金时，她如何听到火车的声音？

十二

梵巴萨和费费拉菲同居的房间位于西多日韦 E2 街道，用石棉建成，共有四面墙，还有屋顶。这是庇护所。生活需要使每件事情都保持完好，心思也在一起，因为活着有这么多要做的事。一个房间，四个角。这些墙是边界。在这个庇护所，一个人可以赤裸而不用感到羞耻，可以自在地触摸另一个人，不用担心窥探和同情的目光。墙上都是金属挂钩，裤子翻到反面悬挂在上面，口袋瘪着并向外展开。还挂着一件破背心。毯子堆在一端。地面上躺着另外一个赤裸的身体。一些炊具放在一个凸起的木制底座上，底座上排列着《布拉瓦约纪事》的旧版本。房间里弥漫着破鞋子的潮湿气味。一个便壶。正在熔化的蜡烛和点过的火柴放在一个木制托盘上。一些蛋壳。

梵巴萨很有创造力，一直努力使他们的住房更安全。他用皱巴巴的旧布塞住缝隙。墙壁缝隙处漏光，布挡住了一些光线，所以他们必须爬上密封的隔板才能跳入房间。到了下午晚些时候，黑暗浓重。屋顶由绑在墙上的弯曲的粗钢丝绳和铺在屋顶上的像锚一样沉重的红砖支撑着。墙壁在风中吱吱响，进一步往一边倾斜，好像没有信仰似的。但它们仍然站立着，由住户们不稳定的意志支撑着。墙壁不敢倒到地面。

梵巴萨和费费拉菲一起在墙上贴了图片，大多是从旧杂志上撕下来的图片。在房间里，他们仔细挑选了一些图片粘在墙上，在看不到未来的黑暗中，给他们的生活增添意义。图片上一支新组建的足球队站在由马塔贝莱兰娱乐协会赞助的门柱旁，脚下小心地踩着一个黑白相间的球；另一张图上，一群穿着短裙、戴着一模一样的非洲式的红框太阳镜的女孩盯着相机，每个人都带着同样的苦笑和同样会心的目光，她们穿着紧身上衣，眼中没有一丝疑惑，闪闪发光的银项链在她们上衣的隐缝中悬挂着，乳峰令人目瞪口呆；一幅绘有一艘船和一个双手被绑跃入大海的人的画，下面标题上写着"播种者"。居住在这里的人说了一些关于收获的故事，关于一个人在时间实现承诺之前所经历的旅行和关于水中播种的故事。

一些房子现在有坚固的铁炉子，主人可以在里面做饭。炉子配有烤箱，他们在炉子的另一边生了火，烤面包的香味充溢整个房间。通常，从一个庇护所到下一个庇护所都有火炉。燃烧冒出的浓烟堆积在每面墙上，厚厚的软软的糊状物，可以用一根手指就揩掉石棉。

有天晚上，梵巴萨和费费拉菲沿着西多日韦E2街道走时突然觉得很幸福，他们手挽着手，跟着街道另一边传来的歌声同样哼着。人们聚集在那里，当有人经过的时候，都能听到歌声，音乐把夜晚的一切烦恼都清除了，让心灵自由了，然后他们感到受欢迎，也一起唱了起来。梵巴萨和费费拉菲也在其中，并很高兴成为他们当中的一员，虽然毫无计划却像夜晚一样自由。

他们也聚集在这些完全没有灯光的小房间里，唱到午夜，唱着河流有多深，唱着在你倒下之前扶你的手的动作有多慢，唱着他们来自的地方有多平静。离别是美好的，如果那是爱的结局，因为这就是生活，还有一些更真挚的爱要储存，一些炉灶边的爱不应被忽略，而应该被培育。短暂原谅未来未知的伤害，现在会感到悲伤，然后再克服悲伤。陌生人在灰色的街灯下低声哀悼，歪斜地戴着被压皱的黑帽子以遮住正午的太阳；火车的汽笛声冲向天空，长长的宽松的袖子压着一个长壶柄；女人们逗留在灶火旁，笑声传入没有灯光的走廊；自行车的轮子滚过被忽视的沟渠，断针从生锈的缝纫机里掉到沟里面，被遗弃的剃须刀放在破裂的全身镜面上。

带塑料把手的破剪刀，两根手指插入把手里，拇指按压，铰链发出吱吱声和生锈的声音，金属触碰金属的声音暗示着一个更大的迹象。一列火车停止，蒸汽像平静的云一样升起。断头的废弃剪刀，这些刀尖在哪里？什么时候断的？怎么断的？不知何故，这太难记住了。

随着音乐的腾飞，梵巴萨的记忆像潮水一样从腰线以下消失了，崩溃了，只有汽笛声升到天空，比鸟儿更自由。他紧紧抓住费费拉菲，十指相扣，人们在歌唱，他们的声音与遥远的瞬间的需求交织在一起，现在时而想起，时而遗忘。他们歌唱美丽的群山，群山笼罩在明亮而充满活力的薄雾中，群山尖顶，只有鸽子能看到，记忆也能触摸到，群山上的蜘蛛网绵延数英里。晨曦的太阳、正午的太阳、月夜的太阳让蜘蛛网闪烁着，最后，还有蝴蝶低语的声音。他牢牢地抱着她。

蝴蝶谷逐渐变细，变成一片荒野，在那里一切都在逗留、生长，被露水浇灌，一大片树叶在风中摇曳着柔嫩的叶脉，合唱的鸟儿没入太阳消失的地平线中。华丽的蓝色翅膀就像一个蔚蓝的早晨，振翅飞远。时间是听不见的。

梵巴萨和费费拉菲渴望他们能触摸到的纯真。他们伴随着房间后面的吉他和哀鸣的长笛的声音摇摆，双脚在地面上平稳地移动，忘却记忆和令人骄傲的爱情。他们自由欢快地跳舞，没有紧迫感，只有生活的真实性，在这里又不在这里。他们知道自己的愿望是真实的。梵巴萨和费费拉菲完美、和谐地共舞，他们左右摇摆，让所有的伤害扩大，然后在低语中注视着其他男人用手掌拍打裸露的大腿。

房间沸腾了。梵巴萨和费费拉菲靠墙站着。

两个灵活的女舞者拉高带有蓝色圆点的白色棉裙，一直举到摇摆的腰部，然后伴随音乐，扭动浑圆的臀部，摇摆身体，像全身痉挛一样。她们的颈部像柱子一样在明亮的光线下变得光滑，眼睛紧闭，自由地抚摸着，妩媚勾魂。她们苗条的身体前后摇摆，嘴唇颤抖着渴望未知的瞬间。音乐是一个非常真实的梦，所以她们融入，满怀希望地融入，穿着旋转的高腰裙，腋窝火热，脚跟向外转，旋转，令人眼花缭乱的步伐快速地前推后推，她们跃起，然后整个身体突然下落，声音比音乐还响。音乐使她们的膝盖向前弯曲，胸部向下爬行，脖子抬高，身体先向上然后慢慢向下，小腿弯曲，地面太近，和声太美，地面太诱人。歌曲再次把身体拉起来，向侧边摆动，因为这首歌音调优美，所以到处是深水，简单清澈。肩部向舞伴前倾，一个女人和另一个女人，左肩触碰另一个肩膀，绕着房间连起来。肩并肩。

一个房间。人多得要爆炸。对费费拉菲来说，屋顶越来越高，地面却是无底洞。她忍受了长时间的停顿，太阳穴咚咚跳，每一步都要重新考虑和调整，以便适应一颗坠落的星星。突然，一首曲子响起，裙子放下，向外甩出许多蓝色圆点。胳膊可以自由拍打、敲打或者放在原处。双臂垂向地面，只有手指发出声音。这首歌在欢笑和愉快的休息中结束，舞者们滑到房间的一个角落。

　　女人们招手唱着轻快的身体歌，粗野舒适的动作伸向空中，她们把双手放在额头上，整个下午太阳如鼓般敲打她们，暴晒着她们。她们渴望夜晚的尊严和星星的宽恕，嘴巴里重复着吉他弹出的曲调，弦放松，节奏真实。

　　梵巴萨和费费拉菲来到房间外，在那里他们接着听歌，一首接一首地弹着破旧的手工吉他。一根断弦。

　　他们已经开始思念昨天，像一个新发现的痛。

十三

桑迪里像鹰一样猛扑进费费拉菲的房间。桑迪里拿着一个橙色的提包，她总是拿着这个包，挥着一把烫发梳子，那种有木把柄的梳子，她把它放在煤油炉的火焰上，直到金属部位变暖，然后用凡士林润滑头发，再用梳子梳，直到闻到头发烧焦的味道。头发像猫的皮毛一样光滑。桑迪里刚刚从一个朋友那里借了这把梳子，在一个晴朗的星期六上午，当她走回自己家时，一种柔情爬上喉咙，像细尘一样把她呛得透不过气来。

桑迪里突然停下，眼神跳动。她的视线模糊了一小会儿才看得清晰，她能看清楚，她下定了决心。在艾兰盖尼大街中央，在马科科巴最短的一条街上，那里只有一栋房子。这栋房子在Q街尽头和西多日韦E2街道末端之间，像个拐角一样突出来，但是都不属于哪条街。建造这栋房子只是因为空地不能浪费。就在那座孤单的屋顶低矮的房子前面，天空是柠檬黄色的，有两个声音在争吵，声音比烟雾还高，桑迪里想到格特鲁德，这足以让她马上停下来，转过身径直走回Q广场。途中经过Q19，在那里，桑迪里得知一个女人在睡梦中死去，因为一个男人拒绝了她。

当这个女人微笑的时候，她关心的男人已经不再用微笑回应了，她叫他触摸手腕上的脉搏，但他没有触碰，他一个晚上不回家，接下来的许多夜晚也都不回家。这种挫败太简单了，太明显了，她无法理解，超过了她鸽子般的小心脏的承受范围。据她自己最好的朋友所知，她在睡觉前吞下了一根缝纫针，这根针足足有两英寸长，然后喝了水。针上的线挂在嘴外。那些看过尸体的人说，在尸体被埋之前，应该将这根线塞到死者的嘴里面，这样看起来会好点。

桑迪里走过那段记忆，走过才建了一半的建筑，这个建筑建成后将被命名为"成功商店"，但是刚打完地基就被废弃了。这家商店对于一些第一次在马科科巴经商的黑人来说是个机会。这座建筑在1942年中期停工，当时这些能干的黑人男了被要求参军，与德国人、意大利人作战，尽管他们对这场战争一无所知。他们中的一些人去了缅甸。真不是让黑人商人分心的时候。

他们回来了。一些人回来了。作为战士，而不是英雄，他们对不信任视而不见，对失败感到头晕目眩，这只是属于他们的特殊经历。从1945年起，可以看到他们走在马科科巴的街道上，战争让他们呆滞和困惑。他们根本不是南罗得西亚的合法公民。由于没有权利选择谁来统治，他们目睹了第一次的铁路罢工，想知道如何迅速地恢复自己的骄傲，获得更高的薪水，也许还有可能逆转。他们能否在人行道上行走，这个问题仍在讨论中。撑着米色百褶伞的人在游行，穿着昂贵的绸缎紧身衣的人在聚集、摇摆，这些事情更重要。帽子和蝴蝶结。手杖。高顶礼帽和燕尾服。手挽手。当他们想时，可以变成小提琴手。

他们还是不能走在人行道上。他们不仅想知道，还为自己制订了合适的计划，他们怀着雄心壮志去追求。通过这件事，通过另一种伤害和观察，他们努力让别人听到他们的声音。毕竟，他们是大多数的。如果有人聆听，他们的心声就能被听到。他们需要回答的问题更为紧迫，更多的烦恼，不是关于数字，而是关于人类，这很简单。

在那个废弃的平台上，两根柱子上的一块大木板上还写着"成功商店"。它在那里已经一整年了，所以没有人再注意到它。桑迪里左转进入萨达纳尼街，快步走过她熟悉的萨达纳尼62号，在那里桑迪里认识了一个女人，这个女人的丈夫为了一个自行车轮子把她卖给了另一个男人，但她拒绝离开，并站在石棉屋顶上。她根本没有穿衣服来遮盖自己的身体，她大声、明确地宣布她更想要两个自行车轮子而不是一个，如果有人给她丈夫两个自行车轮子，她不仅会离开屋顶还会离开房子和愚蠢的丈夫。在一天中的任何时候都可以看到这个萨达纳尼62号的女人在她家房子外编织东西，不管是早上还是晚上，她身边总点着一支蜡烛。桑迪里走过点燃蜡烛的房子，左转进入L路。她的步调放缓了。她不再哼唱那首美妙的曲子，那首曲子唱着"现在马科科巴有足够多的女孩，她们的名字有迪娜、梅洛迪、玛莎、尤卡里阿、梅墨里、贝拉……简和茱莉"。

古古莱图、恩托本霍尔、扎内勒、恩托比耶丝姆巴、恩科西诺穆萨、桑多文科西、恩卡萨纳和巴萨比勒……这些1930年之前第一批来到马科科巴的卑微女孩发生了什么？那时没有公共汽车票也没有阳光肥皂，她们来这里有一个真实明确的目的，治愈她们对男人的持久迷恋。这些女人仍然扎紧头发，眉头紧锁，散发着野火和木材燃烧时的气味，她们知道凝结的酸奶中那种苦乐参半的味道，她们津津有味地品尝着西瓜，西瓜里面是红色的肉瓤，里面点缀着光滑的黑籽。她们吮吸出汁液，吐出西瓜籽，然后把一些干的甜芦苇抱在怀里。这种气味和味道只要不喝水，就会持久地逗留在嘴里，因此男人们也不喝水，他们吃了甜芦苇，即使嗓子干渴也几天不喝水，他们喜欢甜芦苇和不断加剧的深深的干渴感两者结合的感觉，他们尽可能地坚持下去，并且想知道，如果有机会，他们什么时候能尝到上一季采摘来的甘甜芦苇。

这些女孩子，名字有西芒格勒、西扎莱拉菲、恩托姆布洛菲、西佩塞尼……她们确实养眼，男人们的大腿都没力挪动了。桑迪里不再抱怨有多少女孩叫玛丽，叫利伯蒂，叫盖尔……她再一次感受到自从格特鲁德死后的迷茫，这种怅然若失让她站在费费拉菲的门口挥舞着梳子，像是一种威胁，甚至看都不看费费拉菲一眼，却问费费拉菲是否需要地方暂住，直到费费拉菲可以自理。桑迪里至少得问，毕竟她和格特鲁德一直都是好朋友。费费拉菲不知道怎么办，但是当她同意时，桑迪里松了一口气，像收到一个意外的礼物一样接纳了费费拉菲。

　　马科科巴这个城市有很多女孩，但是人们仍会好奇这些女孩发生了什么，例如坦迪维、伦吉尔、恩丹达托、诺玛西科、西斯丹、托科齐和恩坦多。这些女孩眼睛明亮，像日出一样柔和，比微风更平静。她们的声音低沉而平静。平静的声音使男人感觉良好，女孩在男人面前害羞的时候，男人会感到强大。当她们抬起乳白色的眼睛朝男人微笑时，大地开裂了，男人不断下落，落到女孩的怀里。这样的女孩几乎消失了。她们喜欢上一个摇摆的长带包，爱上了一顶太阳帽或者一副太阳眼镜，这种阳光般的爱，燃烧得比希望还快。这些女人已经忘记了是什么让男人崇拜她们在地上留下的脚印。当然，当一个女人叫一个男人靠近并且低声说了些他无法理解却又不敢问的毫无意义的话时，他跪在她身边，知道她不断低语时的拉扯和拥抱没有什么伤害。她低语，完全占有了他。在这样的时刻。

　　在回她家的路上，桑迪里哼着另一首歌，歌词说在马科科巴有好多男人，名字有吉尔伯特、斯坦利，还有乔。武林德拉和齐布西索之间发生了什么事？那些头发上夹着干草的男孩知道如何让女人保持稳定、平稳，直到所有的愤怒、所有的爱都逃离了她们摇摆的美妙的臀部。他们知道可以把女人的每一根骨头，比如从这边的锁骨到那边的锁骨，一个接一个地，吹出一首优美而轻松的曲子。

现在，桑迪里在洛本古拉街上的一家商店工作，她销售美白护肤霜。到1946年1月，她已经在那里工作了整整五年。她决定继续这份工作的那一天，遇见了博伊迪，她放弃了其他的欲望，然后使他真正成为她的男人。她在雅塞特外面有一张桌子，她坐在那里，所有的东西整齐地一排排放着，一些装在玻璃容器里，一些装在管子里。桑迪里在马科科巴是一个奇迹，是某种美的先锋倡导者；人们对她充满怀疑和钦佩。她会带一些塑料瓶和塑料管到马科科巴街上，卖给不同街道上的女人们。她的皮肤像蛋黄一样柔和光滑，有着透明的光泽，但她买不起足够多的乳霜来擦胳膊。没有人会注意到这种疏忽，因为还有其他 些让人心烦意乱的事情。桑迪里能激起渴望的感觉。

脸和身体之间有一个可以接受的分界线。不需要在整个身体上化妆，不需要在皮肤下化妆，只需要在脸上，在眼睛和嘴唇之间化妆。骨头的高度、眉毛静止时的形状、眼睛的形状、脖子的长度、前额的倾斜度、头发的形状，都是欢乐与悲伤跳动的通道。

就是这样。虽然她费了不少工夫拉直头发，但有时她仍然戴着一顶假发，假发又长又光滑，一直垂到肩上。只有当她到洛本古拉街工作时，她才会这样打扮。双唇涂上美艳的紫色，与天空相配。

桑迪里的长带包里装着小梳子之类的东西，她摘下假发后，会用梳子梳理它，然后将它戴回头上，用别针把它塞到头发里，甚至她坐在洛本古拉街上的桌子旁时，也会这么做。人们来来往往，没有人注意到她。人们接受了放在身体上的东西和属于身体的东西，这种幻觉是灵活的。一种逆转自发的行为。她有一个装棕色粉末的小箱子、一个小的手持镜子、公共汽车票、一些零钱，以及她用小字体写着地址的卡片。如果有人觉得城里很陌生，最好把地址写下来，塞在一个安全但明显的地方。

桑迪里把费费拉菲带回家，没有问跟她同住的博伊迪的意见。如果她问他，他会拒绝的，因为他们只有这一个房间，像马科科巴的其他人一样。她把本来放在一边的大衣柜放在房间中央，当作为费费拉菲准备的一个地方。在费费拉菲居住期间，衣柜背面都对着她。桑迪里把原本放在费费拉菲那边的房间的东西拿走，如桑迪里的高跟鞋、红色雨伞、乳液。在那之后，桑迪里还认出并拿走了博伊迪的东西——他那破边蓝帽子，以及她打算下周六新年结束时洗的脏内衣。毕竟，还有几天就到1946年了，所以除了让去年多逗留下，她还能做什么呢？没什么快要发生的事情能让她认为有必要或迫切需要加快步伐。去年，她什么也不能放逐。

　　桑迪里慢慢来。她把博伊迪的圆头棒安全地放在床下。她也找到并打开了博伊迪的身份通行证，抖开被折成四折的证件，于是，他的拇指印掉到了地上——手的每一个指尖都是有形的、真实的，上面有细细的不规则的黑色墨水线条。她慢慢地把他的手指印折叠起来，上面写着他的名字"博伊迪·恩圭尼亚"，下面写着"右臂烧伤"这一类要求区分的标记。桑迪里大声问如何以及什么可以感受并解释一个男人的触摸，那就是他指尖最微小的凹槽。她把通行证拿到她那一边的房间，把它放在床边的小椅子上。首先，她必须把放在椅子中央的茶碟里的蜡烛移到一边，然后关上衣柜的双开门，因为她移动蜡烛的时候打开了柜门。当然，衣柜里面放有衣服，还有未开封的茶叶包、玉米粉、肥皂粉。桑迪里把一件最大的物品放在衣柜顶部，这是她在雅塞特买的一个大金属盘子，她打算用这个盘子来洗澡。

　　在L路8号，生活发生了变化。两个妇女相互诉说、理解和分享，博伊迪一点也不觉得烦。晚上，当他回到家打开门时，他看到费费拉菲蜷缩在衣柜下面。她把毯子拉到脖子上，月光迷恋地落在她的眼睑上，他看着她，甚至没有问她是谁。他从她身边走过，走到衣柜的另一边，躺在桑迪里旁边。

　　"我把格特鲁德的女儿带来了。你还记得我的朋友格特鲁德吗？"桑迪里问。博伊迪呻吟着靠近桑迪里。其实，还有其他事情让桑迪里担心。他们第一次遇见时博伊迪有妻子。但那是过去式了。她几乎可以肯定，从那以后他再也没有别的女人。她一直密切关注他。

"格特鲁德死了，博伊迪。去年我告诉过你的。我得带着她的女儿。"博伊迪整个身体移到她身边。他在毯子下面脱下了裤子，扔到了椅背上。他能闻到从桑迪里柔软的肩膀和领口传来的新涂的美人鱼乳液的香味。

"我想我们可以设法对付。她很快就会开始帮助我们。在雅塞特，他们需要更多的女孩，我明天会问问他们是否可以带她。"

桑迪里话没说完，博伊迪已经扒开她的膝盖，她能感觉到他的嘴唇向上移动，一直到她的脖子。他对她什么都没说。他看见月光下费费拉菲的脸，如果他回答的话，其实这才是他想说的。桑迪里放下膝盖，有点紧张，有一刻，她想知道费费拉菲是否能听到他们俩的声音——他的触摸声和她的心跳声，如果费费拉菲听到会有多糟糕。费费拉菲需要时间，她知道自己一无所有，不是因为博伊迪在房间里，毕竟他已经压在桑迪里的胸口上了。桑迪里后悔在街中间所做的这一决定。现在她该怎么办？她不想当母亲，而格特鲁德去世了，丢下孩子独自栖息或飞翔。她想要向博伊迪解释她的犹豫，她可能会让他们的生活出现问题。也许第二天她可以为费费拉菲找到另一个地方。别人会愿意接受费费拉菲的。一旦费费拉菲在雅塞特找到工作，就可以制订另一个计划，费费拉菲可以独立。她只需要一天的时间，就是明天。她需要告诉博伊迪一些事情。

"我做这些是为了格特鲁——"

博伊迪把手轻轻地放在桑迪里嘴上，另一只胳膊拉着她，把她带到他想去的地方。带着跳动的焦虑的心情，桑迪里追随着他，他的每一次呼吸、酸痛甜蜜的四肢、他的动作和心情。有很长一段时间，她忘记了费费拉菲。费费拉菲醒着躺在那里，门打开着，月光从天空照进费费拉菲期待的眼中。

费费拉菲一边听着，一边想知道哪里会有希望。她大声地长叹了一口气，比这两个恋人预期的更满意，费费拉菲翻转身，背对月亮。

十四

鲜花在空中绽放。那一年是1948年。

有人看到一个年轻的黑人妇女慢慢地沿着西多日韦E2街道走。她穿着一条浆洗过的纯白色连衣裙，棉织裙子被反复熨烫过，上面没有一丝褶皱。她头上戴着一顶白色的帽子，脚上穿着棕色的平底鞋，拿着棕色手提包。她抬起头来，走得很稳。她看起来很慎重。她用别针把帽子夹在顺滑的头发上，表情泰然自若。她有目的地走着。她很干净，涂了面霜，所以皮肤发光。她用指尖沾了点凡士林，湿润了嘴唇。她经过石柱，走进普通的教会医院，脚步轻柔地爬上楼梯，好像只在鞋尖上保持平衡。她的手牢牢地塞进衣服前面的大口袋里。包在她身后摇晃着，她穿过穹顶，进入了宽敞的大厅，进入了医院宽敞的庭院。她站在绿色盆栽中间，抬头望着大楼的二楼。一个医生站在那儿，脖子上戴着听诊器，向她招手。她登上楼梯，肩膀高耸。医院接受了第一个黑人护士。以后还会有更多。

费费拉菲被护士培训班录取了，两周后她才意识到自己怀孕了。录取书上通知说让她六月份报到。她相信自己有好运，她有整整五个月的时间来告诉梵巴萨这件事，给他看录取通知书，上面写着"费费拉菲·杜贝小姐，护士学生"，名字后面写着注册号和她应该带到护士宿舍的物品，其中包括一条洗脸巾和一把牙刷，诸如此类的内容。她有男人，但她没有结婚，所以她用大写字母写了单身这个单词，上面规定必须填写，选项有已婚、单身和离异。在任何情况下，医院都不会录取已婚女孩，因为她们在接受培训时可能会怀孕。内政部已经规定，这会浪费有限的拨款。培训条件明确规定了，如果她怀孕了，就不会被录取。

费费拉菲站在与肩同高的镜子面前，看着镜子里的自己。她拉上了遮盖小窗的窗帘，然后让裙子一路下滑到膝盖上，堆在那里。她也脱下了粉红内衣，放下一把如婴儿般柔软的头发，一头乌黑顺滑的头发。然后，她看着自己身体的曲线，由于突然脱光了衣服，或者由于恐惧，或者由于她肚子里的孩子，或者由于其他原因，她的乳头变得僵硬。她的肚脐从体内神秘的地方长出来。她触摸着这个完美无瑕的伤疤，手指放在嘴里打湿，然后默默地放到肚脐上。一种冰冷的感觉涌向体内，她的一切从那里开始，也从那里结束。她把手指放在肚脐上画圈圈，然后把手放在肚子上，肚子鼓起，像一个大贝壳一样坚硬。她想起了她遇到梵巴萨的那个季节，她对他说屏住呼吸，就能真正体会到生存，然后她屏住了呼吸，尽可能长时间地不呼吸，就这样，她花了很长的时间才恢复了真正的呼吸。她转过身背对着镜子，回头看了看肩膀，看到自己背部弯弯曲曲的曲线，好像日益增加的体重拖垮了身体，这让她痛苦。她弯下腰，带着胳膊承受不住的沉重感，她拿起裙子，像个盾牌似的把它穿在身上。

费费拉菲拿出一个长长的信封，里面放着她所有的特殊文件，这个信封她一直藏在床垫和下沉的床板之间。里面是她有生以来收到的唯一一封信。她把文件读了一遍又一遍，眼睛噙满泪水。她仍然能听到邮递员的自行车铃声。邮递员几乎想放弃，本来想带信件离开，因为看到她家的窗户开着，她的门也开着，哪怕只是一个小小的缝隙，所以他等着，因为根本没有人出远门时会那样开着门，西多日韦E2街上没有人会那样。

邮递员大老远从市中心中央大街上的邮局来到马科科巴镇。他需要躲避泼到街上的脏洗澡水，不止一次而是两次。再等一分钟喘口气也没什么。他把自行车靠在树篱上，右手拿着信扇着他被晒焦的脸，他弯下腰，按着自行车上的铃，铃声像闹钟似的。

他一次又一次地按车铃，费费拉菲听见了，却没有回应。她嘴唇干燥，兴奋地跳了起来，急促的铃声让她感到困惑，她需要安静片刻想想才能采取行动，只需要一段安静的时间让她拉下裙子，大腿离开小凳子。凳子的底部有缺口，四个角落都是蜘蛛网，她总是忘了打扫。一次停顿，使期望达到最高点。她这几个月一直在等申请的回复。她简直不敢相信邮递员现在还在找她，对她按响车铃。现在，她可以离开房间，在这个瞬间聆听车铃甜美的声音，自由释放，进入她自己的旋律。在一切都消失之前，她迈开腿，离开凳子，煤油炉上的水壶烧着水，她站在外面，湿漉漉的大拇指不停地按在新信封上，这样可以打开信封，让上面印有医院标志的精心折叠的信纸滑出来。她还没来得及回到屋子里，就闻到了水壶底部烧焦的气味，她没有管，因为她要再次来到外面，外面光线充足，在那里，可以减轻她的负担。

现在，费费拉菲冲出家门，在西多日韦 E2 街道上慢慢地走着，整理她的想法、她的呼吸、她的全部理由。费费拉菲的眼里充满狂喜，她第一次看清了西多日韦 E2 街道。报纸被扔在布满灰尘的树篱上，垃圾箱倒放，孩子们坐在上面，后来垃圾盖被坐塌了；废弃的轮胎上积满了臭水，废弃的罐头散落在院子里，女人们坐在门廊外，互相编着头发；收音机响起不连贯的调子，一个乞丐随着调子跳舞；有人在废弃的巴鲁斯商店的整面墙上画了十种不同的男士发型图案，一个理发师在附近坐着等待顾客的到来，与此同时，他剪断的所有头发掉进沟里，无人打理。

费费拉菲看到街上有几个男孩。男孩们的声音已变成了男中音，他们被爱情吸引，喉咙和胸膛变硬，颈动脉剧烈跳动着，血液冲上头脑，腋窝下暗流汗水，这些都使他们变得不一样。早晨，他们的鼻孔先出汗，汗水沿着大腿滴下来，带来了一阵又一阵的羞耻感。有了这些充足的迹象，他们皱起额头，用成熟的、成人的眼光看着费费拉菲走过，头向她倾斜，在她走过的地方停了下来，当她抬起胳膊，抚慰着她的伤痛时，他们满怀期待地抬起头来。在他们单调的注视中，她回味着自我绽放的每一个部位，仿佛树上的果实太高了，但他们可以而且愿意好几天都带着它的气味，用轻柔的舌头触摸其成熟的肌肤。这就够了。即使果子在树梢，他们也会将爽滑的气味停留在嘴里好几天，攀爬是不明智的，树干上长满了刺。

他们把腿悬挂在巴鲁斯废弃的阳台上，然后站起来，阳台生锈的熟铁上脱落了一层层油漆。他们经过金属奶粉罐，跳到安全的地方，把注意力转移到尘世。他们坐在地上，围成一个圆圈，拍打着赤裸的大腿，声音越来越大，越来越刺耳，他们的血肉绷紧，相互呼应，他们噘起嘴唇，沉默或是发出刺耳的或和谐的声音，拍打着膝盖唱起美妙的歌声。

费费拉菲看到了那些房子。那些房子大多为单身汉而建，好像不欢迎女人们跟随她们的男人来到城市。男人们来到这些狭小的庇护所，没有舒适感，一切都变了，否则不会有日落。夜晚的黑暗已经接近尾声，黎明前，一切随着新的太阳跳动，你必须去触摸一个人。除了另一个人的亲密和内在之外，要怎么处理和考虑其他事情？他们发现舒适唾手可得，令人安慰。

女人们对于自己的成就有其他想法，她们中的一些人不依靠男人，自己来到了城市，而且不管遇到什么威胁，她们都待在这些单人的庇护所里，她们生孩子，亲自抚养孩子。警察或黑人妇女们骑自行车。妇女们骑到郊区，从日出到日落，她们照看白人的小孩，给他们穿衣，用自己的奶水喂养他们。晚上，她们回到马科科巴，烹饪干鱼，或者有强烈气味的食物，炖成让人无法抗拒的美食。她们渴望拥有河流的暗示，或是像大海一样宽广而迷人。

费费拉菲打开门，来到西多日韦 E2 街道，还不知道自己究竟要往哪里走，接下来她站着，坐着，或者跑到德利韦旁边站着，语无伦次地喃喃自语，在门廊上绕着圈子。费费拉菲不肯坐在凳子上，眼含泪水威胁着要回来，鼓的声音如风暴般敲打她的头，她的太阳穴灼痛，她的一切已经被冻结或消逝。她咕哝着在梦中看见了梵巴萨，她的声音像燃烧的煤一样，窃窃私语着一个叫埃梅尔达的女人死在她的怀里。即使山上根本没有人，她也要去爬山，她抱怨火车和消失的天空，抱怨治愈病人的白色制服，直到德利韦厌倦了试图理解这种盐和糖混合在一起的味道。所以德利韦在那个晴朗的下午起身，不再梦见花朵里的糖浆，抛弃了那些在树篱下飞奔的蜥蜴，果断地从南罗得西亚啤酒箱上站起，将费费拉菲推进屋子里，让她坐在凳子上，给了她一杯水。玻璃杯救了费费拉菲。蓝色的高玻璃杯看起来比阳光还要可爱，费费拉菲把它放到唇边，玻璃杯像炽热的光针一样让她清醒过来，仿佛她的蝴蝶翅膀在花蕊上合拢了，直到一阵微风吹起，扰乱了翅膀。最后，她终于能够抬起头来，把自己的耻辱都说出来。德利韦仔细听着。

德利韦是格特鲁德的朋友。

德利韦认识梵巴萨。

德利韦骄傲如鹰。

德利韦的一双眼睛像蝎子一样。

德利韦一直听着，直到天空从蓝色变成深红色。费费拉菲问德利韦，她是否能再一次用洁白的云朵填满这同一片天空。德利韦摇了摇头，小心地从费费拉菲手上拿走有色玻璃杯。费费拉菲摇摇晃晃地沿着西多日韦E2街道走回去，几乎无法呼吸。她听到门在自己身后关上，吱吱作响。

十五

一个星期过去了。

费费拉菲听到一阵喧哗，孩子们像一阵旋风一样穿过西多日韦E2街道。她听见孩子们玩耍的声音，他们在滚动着一个汽车旧轮胎，当他们互相追逐摔倒时，她笑了起来，充满了一种特别的渴望，他们来回推着轮胎，好像在互相放弃，他们变得快乐是因为有什么东西在自由地滚动，他们的双脚同样在欢乐地跑动，他们的胳膊也在毫无顾虑的情况下发痒，准备推动有他们一半高的东西——一个不停运动的黑色轮胎。他们的能量经久耐用而且能重新集聚。所以他们追上去，一次又一次地滚动轮胎，然后很高兴地倒在地上，快乐吸引着他们，使大地向后移动，房屋摇晃着，他们的母亲飘浮在屋顶上，孩子们笑了起来，直到他们的身体受伤，直到眼里充满泪水、布满灰尘而看不见。

孩子们失去了土地，但获得了鸟一般的自由，他们在街上和废弃的巴鲁斯商店外面，收集珍贵的瓶盖，他们把这些瓶盖轻易地塞进敞开的黑轮胎凹陷处，它们会被遗忘在那里好几天。这样做是安全的，孩子们离开了这个世界，看着高大的树梢，树梢似乎在挥手。这很简单——他们都喘不过气来，只能凝望着西多日韦E2街道上的一切安顿下来。

窗户破了。

一大瓶凡士林被塞在小窗户底部的大洞里。凡士林瓶子是亮黄色的。在房间的另一边，费费拉菲躺在床上，一半身体靠在墙上，眼睛闭着。

瓶子是绿色的，然后变成黄色。当她再次闭上眼睛时，她看到瓶子是深黄色的。绿色渐渐淡了。窗户后面是绿色的树篱，离得很近。破碎的玻璃边缘很锋利。她的眼睛注视着一道锯齿状的裂缝，那裂缝爬到了残留的玻璃顶部。这是早晨。

她向下滑到床中央，把灰色粗毛毯盖在胸部。毛毯紧贴下巴。她用双手将毛毯贴在脸上。毛毯的边缘是醒目的红色缝边。她的手肘在毯子上蹭来蹭去，膝盖向前伸，靠在毯子上，这样让她更暖和。她感到了安慰，就这样蜷缩着，然后又往床垫的凹陷处压了下去，床垫被压扁了，触碰到了冰冷的水泥地。

费费拉菲希望有机会成为一个不同的女人，1948年，希望像晴朗的天空一样来临，受过良好教育的黑人女性能做的更多了。

录取书就在那里，她想象自己变成另外一个样子，而不是曾经的她。这让她喘不过气来。她不熟悉这种感觉，但她想要拥有它。不知何故，她错过了未来，她现在一无所有，她感觉不到自己。她想要成为有计划的人，即使她不确定自己的意思，她也希望得到一些尊重、一些尊严、一些平衡和自己的力量。找到她自己。她的热情是秘密的，不公开的。然而，它可能会改变一些东西。梵巴萨永远不会明白，所以她什么也没对他说。

整个星期，恐惧笼罩着她，费费拉菲明白了男人和女人之间的一切都可以被遗忘。爱抚、触摸、嘴唇触碰和归属感，每一个都很诱人，他们的交融是必要的。这样可以忘记一切。他们声音的一部分正在消失。即使在他塑造又毁灭了她之后，他们也有可能分离或彼此转身离开。她想要更多。她对他变得有点强硬。他现在已经干扰到她的梦想了。

她把毯子拉近脸，捂住嘴。她能闻到粗糙织物的味道，把它贴得离脸更近。她讨厌这种材料的触摸感和气味。她把毯子拉得更近。她闭上眼睛，更近，她紧紧抓住毯子的边缘。红色缝边线在她的手指间显现出血丝般的条纹。

上周，有人把一块大石头扔进房子，差点把她砸死，窗户被打破了。两名男子在西多日韦 E2 街道中间争吵，她听见了。他们其中一个拿着刀威胁，另一个人拿起了大石头。石头落在她睡觉的床上。费费拉菲希望那块石头能砸死自己。

　　她仍然带着愤怒、焦虑。她将石头放在床底下。梵巴萨不在的时候，她睡在床上很多天，透过窗户看着经过绿色树篱另一侧的人，想着肚里的孩子。费费拉菲听到了自行车经过的声音，看见一只手举着一顶帽子在空中缓缓地挥动——一顶黑色的帽子，但是拿着帽子的人被窗下的树篱遮住，她看不见。要想看到骑自行车的那个男人，她必须从床上爬起来，靠近离地面有一段距离的窗户。那只手和那顶帽子却骑着过去了。站在街道另一边的女人们在大声打招呼。这顶帽子的黑色帽檐上有一根高高的白色羽毛。

　　费费拉菲需要安静，这样她可以整理思路。然后一个卖苹果的声音惊扰了她的睡眠。她听到声音越来越微弱，好像她体内有某种东西在昏厥。声音不断地在她体内呼唤。它像一道涟漪一样蔓延开来，她又想起这使声音变高的力量来自她自己。这是恳求的叫声，这使她的情绪混乱，她想唤醒声音，使它更大声，然后她能明白声音在寻找什么，如此肯定能被唤醒。在她躺着的地方是不可能完成什么事情的，这个地方只能见证一部分现实。她必须去见卖家。如果她这样做，她会改变内心的所有声音。这需要她站起来，走到窗户边。但她继续躺下，决定找个时间间隙，其间她的思想清晰，没有间断。西多日韦E2突然变成了她能想象到的最嘈杂的街道。她努力争取属于自己的片刻时间。

　　一个碎片也是一个生命，所有生命都是这样拼凑地生活的。

她选择了其他分散注意力的方法。费费拉菲将胳膊搁在床边，伸手去拿从窗户扔进来的石头。她把石头推到床边，她记得石头在那里。当她的手指触碰到石头光滑的一面时，她翻到床的另一边，她翻身把右臂放回到肚子上，膝盖弯曲，手上拿着重重的石头。她双脚触到床底部冰冷的金属架。她举起双臂深呼吸。毯子滑到她胸部下面，她把毯子的边缘塞进身体下面取暖。她什么都没穿。她想到了肚里的孩子。

最好把记忆握在手中，否则非物质的东西都会消失。在触摸的安全范围内，记忆有形状，她不用惊慌就可以想起。这是可以做到的。她得到了一些可靠的东西，可以帮助她说服自己。费费拉菲质疑每一件事，因为它们已经过去了。她让许多东西与这消失的景象做斗争。房间里充满了她的记忆，清晰地塑造了每一个单独的痛苦：梳子、勺子、鞋子。她憎恶难以捉摸的东西，因为她不能抬起舌头去品尝，也不能举起手指去触摸。

拥有，占有的行为——用感官感知和发现声音这类行为是很重要的，比如手上拿着什么东西：一个断了的鞋跟、一张破床垫的边缘、一个空的绿色瓶子。然而，这种即将失去的感觉太真实了。这种渴望，那种痛苦，这种压力，那种忽略，这种窘迫，那种释怀，这种向往，那种命令。梵巴萨不再是她梦想的一部分。

费费拉菲把石头拿过来抓住。虽然它被扔进来时径直掉到对面的墙上，然后落到她躺着的床上，却没破，只有一个边缘有缺口。她想起的这些事情都是真实的。物体在这里，时间也在。在石头旁边，她心脏跳动，她光着脚触摸冰冷的地面，紧紧地绑在扫帚周围的黑色橡皮筋摩擦着她的手掌，她手拿扫帚，胳膊在地板上快速移动。她吓坏了，她听到扫帚上的碎玻璃刮擦地板的声音。她把玻璃碎片堆成整齐的一堆，然后安全地推到墙边。她把草制小扫帚放在玻璃堆上，等待早晨，等待光明。她需要看看发生了什么。

她从床上拿起石头，小心地转动。碎玻璃事件后没有一点声音，除了她自己的呼吸声，她想知道吵架的男人们消失到哪里去了。她听见自己惊讶的叫喊声，和玻璃混在一起，触碰到地板。然后，沉默如此平静，这使她不相信玻璃都堆在房间的角落。黑暗使她怀疑每一个细节。她的心里有一部分拒绝了碎玻璃，就好像它拒绝了她怀上的孩子。她否认自己的存在，像一个影子一样走回窗前。她什么也没听到。没有叫声，没有大喊，没有人在动。

有什么东西涌向她，是一种她无法察觉的情感。这是一股比她自己的心更大、更坚强、更决断的悲伤和遗憾。空虚决定了一切，决定了她的渺小，决定了她缺乏智慧，她只是一个肤浅的实体。有证据表明她缺乏这些。她什么都不是。她如何能喜爱自己的肘，如她母亲那样像转动一根绳子一样转动胳膊？她什么都不是。在她脑海里，她看见一块布在摇曳着。尽管这一切都在她脑海里，她感到这股吹着布的凉风正吹拂着她的脸。她比被风撕裂的薄布弱得多。她是什么？她什么也没做，只是保持沉默和平静，不能被这块薄布消耗掉，薄布比她知道得多，因为它见证了她采取行动前的每一个行为。

瞬间，意识再次袭来并抓住了她，她迅速地从床上站起来，伸手去拿一盒狮子牌火柴，不知道哪个念头在她心里占主导地位，是孩子还是破碎的窗户。她擦了擦盒子，点燃了火柴。火柴点燃后持续了一段时间，那蓝色的小火焰开始燃烧她的指尖，她把火柴移到杯子里点燃了蜡烛，手在杯子里蘸了蘸。

因为灯芯已折，蜡烛顶部凹进去了，她必须护着蜡烛不让它灭。她把火柴一直浸在槽里，直到蜡烛融化，她挑高灯芯，点燃。火柴变短时，她护着火焰，光线照射到她大拇指和食指之间的皮肤上。明亮的火焰呈蓝色。她把注意力集中在点燃蜡烛上，她几乎忘记了她为什么醒，为什么必须要有光了。只有这个行为是真实的。她的手指，火柴，杯子里的蜡烛，黑暗。

黑暗是完整的。光线柔和，然后，光变得完整，黑暗也变得柔和。在黑暗旋涡和不断袭来的恐惧中，她滑倒在地上，蹲在杯子和蜡烛旁边，手肘碰到了墙，墙上面是破碎的窗户，光照在上面，照在奇怪的高大的树上、红色的屋顶上、电线上，上面有月亮和星星，上面有她越来越强烈的悲伤、绝望的恐慌、孩子。

最后，光在杯子上方形成一个发光圆环。费费拉菲贴着光，看着蜡烛烧到边缘，她的嘴唇在这个闪耀的圆环上发亮。光从杯子里倾泻而出，照亮了她整个胳膊，还照亮了额头上深深的皱纹和明亮的眼睛。她不再努力了。黑暗是完整的，光是有益的。

　　她在黑暗中清扫玻璃。蜡烛在金属杯里燃烧。她拿起杯子，照遍房间的各个角落，然后把它放在地板上。她把地板打扫干净，用手掌摸了摸，觉得地板现在又光滑又干净，没有碎玻璃。她扔掉扫帚，走到房间的另一边，把石头滚到床下。

十六

　　不，没有摔倒的可能，因此没有欲望在某个地方抓住坚实的东西或倚靠某个人。不需要像意志这样僵硬的东西。同样，也不需要什么轻盈的东西。低头看陡坡时会产生失重感。单凭这一点，就可以帮助我们飞翔或者把胳膊向前伸，让膝盖站定。感受高大树木的重量——郁郁葱葱的绿色，树梢或摇晃或停顿。这些只不过是纯粹的对土地的一种渴望。土地向上起伏，形成了宽广的山丘，山丘背后有盆地，盆地一片宁静，草木茂盛，昆虫和树木在歌唱，土地停歇，然后聆听树叶落下，雨滴落下、消失。

　　在这扁平的宽阔中，胳膊是自由的，没有探索另一个真理，眼睛直盯着地面。身体是自由的，也是孤独的，它没有受到干扰。地面很近而且光秃秃的，可以感受到身体没有重量。身体只是一根直立的羽毛，被牵制在地面上，随时准备从最轻微的窃窃私语中掉下来。身体悬挂着，影子落下时身体随时要下落。身体在地面上时，无法测量胳膊伸出时手指尖和肩膀之间的距离，没有什么可以测量高度，或测量脚步的步伐，也没有什么可以测量不信任或震颤。

脊椎没有支撑。人看起来很小、很安全，像羽毛笔一样在这片天空和地面之间的狭小明亮的空间里移动。心脏的跳动、孤独的呢喃、诱惑的痛苦，这些都无法检验。将一片巨大绿叶横握在手上，这有助于治愈悲伤，这是一种衡量经验的方式——模糊的、徒劳的、宏伟的方式。一片巨大的绿叶。这都不是。大胆地从每一棵荆棘上拔掉刺，灰色的、银色的、干燥的、荒凉的、完全静止的。

如果树上没有坚硬的树皮，或者至少像湖面一样柔软的树皮，那该如何衡量勇气呢？反思。不用考虑温柔，因为没有山顶，没有平坦的山谷，没有诱人的沟渠，没有令人难以置信的狂喜，这些会让人觉得自己比怨恨更老，摆脱了命运和愚蠢后，哪里能找到好运呢？

大地充满动感。地平线不停运动，目光从山上转到山谷，从树梢回到山谷，这是必要的舒适性运动。没有这样的。

这片土地光秃秃的，很稀疏，只长着一簇簇矮小的荆棘。这里，一根刺。这里，一只鸟。只有生活在这片绵延的平地上的点点滴滴。再远一点，田野里干草飘扬，没有树木。另一边，发育不良的荆棘丛的远处是马科科巴镇，镇上有西多日韦E2街道、尤卡瓦路、班巴纳尼路、L路、D广场和班达路等。一个黑色的地方。房子是小小的庇护所，像荆棘丛。在它们周围，一排排房子后面种了高大的树木，树站在那里，防范着一场预料中的事故，一些会导致断裂的事故，比如骨折。在每一条街道上，梦想与梦想擦肩而过，又靠得很紧密。

坚实的荆棘，树皮干裂，狭长的指状物，果实呈棕褐色，像深色玻璃。

费费拉菲没有恐惧，天空在她的额头上闪烁着她消失的欲望，没有恐惧，只有她脚下的沙子，还有一整天。

推，她把刺推进去，锋利且刺骨。她没有害怕，没有兴奋。一定是这样。刺在子宫囊里进进出出。她慢慢地接受，好像这个动作会带来让人欣喜若狂的释放。她的手稳稳地放在体内。她自己的手带来了不可挽回的伤害。她将大腿小心地从地上抬起，支撑着右臂。在手腕处，她的手突然向内转，好像断了一样。她的手快速地移动和敲打。她把头靠在地上，远离大腿。左腿伸直低放在地上。她的手滑过左大腿。她很紧张，她紧紧抓住刺，进行疯狂的冲刺。大地静止。从远处看，她只是地面上的一个标记。

她的身体接受了每一次的刺痛，双腿张开，张得更开阔，双膝现在抬得越来越高，直到天亮，她感受着预期的震颤。一开始她的胳膊温热，她几乎没有感觉到，像太阳底下没有盖盖子的水

蝴蝶燃烧

现在溢出来一样，一个容器装满了水，微温的热流下来，然后倾泻，下沉，令人痛苦。伤痛还在，一波又一波，暖流渐浓，她不管不顾。她自己的容器装得满满的。这是她自己的痛苦，超过一些美好的界限，她突然不明白，太轻、太重。就是她。她拥抱痛苦，拥抱撕裂。她的身体像腐木一样断裂。与此同时，在她内心深处痛苦如此深，如此接近。她不敢看自己的伤害，它太近了，太新了。

刺骨般的疼痛超出她的想象。她抱着它，把它推到地上，推到她身后。她必须让疼痛远离自己的身体，让它到别的地方，但是她找不到地方隐藏。没有栖身之处，只有手指与释放的痛苦融合在一起。她紧握右手。她必须接受自己的疼痛才能相信疼痛，活在疼痛当中，她知道真实和虚假的细微差别，因为她极度渴望超越疼痛的东西。她寻求一些中立和未深思的东西。就这样。寻求某种生活但不是这种生活。为了到达那美丽的高原，这种痛苦仿佛是一块巨石，是她必须战胜的，所以她放弃了哭泣，放弃了她的时间，也放弃了她的喜悦。她记得自己的喜悦。她渴望眼睛看到某种山、某种形状，然后她能触摸天空。她渴望一棵树的长枝，等待鸟儿栖息，以此摆脱焦虑。疼痛没有缓解，却加剧了，拉扯着她。疼痛燃烧着，无休止地燃烧，超越了她能扭转这种局面的任何行为。疼痛盘旋、搅拌着整个身体，她是闪电。一股热浪。

116

她溜走了，水中无声的泳者，穿过包裹着整个身体的柔软的液态，仿佛她已经忘记了一切，忘记了她去过哪儿，发生了什么。永恒已逝，有段时间她没有意识到，除了这种平静，这根本不是事物的一部分，不是她的身体，不是她上面的天空，不是她想象中的那棵不在这里的树，甚至不是想象中的不在这里的山。空虚和虚无。不在这里，而在她不存在的地方安静地度过了一段时间。不存在。现在，柔软的液体里充满了光。费费拉菲。

她背靠地面，膝盖颤抖。她的肩膀一半埋在肥沃柔软的土壤里。她的头向左弯曲，脸靠在左肩上。她的眼睛等待着。泪水从她紧闭的双眼中挤出，流过每一道深深的皱纹，每一行都充满失望。她用牙齿咬住下嘴唇。紧紧咬着，对抗屈服。她的脸紧贴着肩膀，头埋没在太阳带来的温暖中，头发是沙子的颜色。她变了，全神贯注，她整个身体就像一个漂浮在流沙中的木制面具。一滴接一滴，土地欢迎她像雨一样的眼泪。

她是闪电，像闪电一样燃烧；她是火和火焰；她是光。然后，在悲伤中，她抓住一个像树根一样死去的东西。她紧紧地抓住了这个死的物质，没有锚，没有拯救和治愈的承诺。希望逐渐消失。她慢慢地松开手，再次滑入柔软轻盈的液体中。她张开双腿，她的身体在最真实的痛苦中溶解。她必须离开地面，但她的动作很痛苦。她把脸转向身体，放松手肘。她的脖子向前翘起，搜寻着，向左旋转，寻找一个被她遗漏的细节。她的膝盖在前面抬起并分开了。后面是一片空地，然后是荆棘丛。

她早些时候在荆棘丛中找到了一根最长最结实的刺。这个荆棘丛里现在到处是明亮的红点。红色让她吃惊，满眼都是，因为以前那里没有红色。也许她就是太疲惫了。她的视线小心翼翼地穿过现在长满了红色花朵的荆棘丛，有红色花朵，她接受这一点，因为她不记得自己在哪里，也不记得自己曾经做过什么。然后，突然一阵震耳欲聋的颤抖声和逃跑声，刺耳的断裂的合唱声升到空中，再然后她意识到这些突然转向的红点是几十只灰色鸟的嘴，它们一直在荆棘丛中栖息。鸟儿们散乱地叫着飞走了。它们的声音朝她涌来。一个点状阴影在头顶展开，在曲流层中留下许多拍打的翅膀。红色点点从她身上盘旋而过，卷进她的脑海深处。

费费拉菲向上提裙子，提到颤抖潮湿的后背中间。这条裙子很紧。她把裙子扭了半圈，她能感觉到那条厚厚的带子在摩擦皮肤，阻碍了她的动作。一个黑色纽扣掉了下来。记忆下降。纽扣从衬衫前面掉了下来。它躺在那，半埋在她的左胳膊肘下面。当她把裙子扭向一边时，拉链擦伤了她的后背。她转动裙子，直到左手手指能够够到拉链，然后把它拉下来。

带子松了，裙子变宽了。裙子容易扯动，她可以继续往一个方向拉动。她身体向前伸，以便把剩下的衣服脱下来。她把裙子的褶拉在一起，扎成一捆，紧紧地安全地塞在身下。她爱惜裙子。拉链的冷金属拉到她肚脐上。她的身体几乎一丝不挂，只穿了衬衫，衬衫的前面解开了，纽扣不见了。她光着身子，承受自己痛苦的重量和勇气的重量。

土地是干燥的。很久前下过雨，太久远了。沙子很松，在她的肘部下面移动，像一阵疲倦的微风。她的手肘埋在沙子里，她的鞋跟陷了下去，她的焦虑穿透了大地。太近了，突然，产生了一种无法忍受的疼痛。太远了，什么东西隐藏着，撕裂着。更深，更深。微温的暖流变成固体，更厚，更直接。它很硬，却像满手的唾液一样滑动和移动。相比唾液它太浓了，太重了，她难以在头脑中容纳这一切，它带来的痛苦和触摸太特别、太纯净了。

在短短的时间里，天空中出现丘陵，天空中出现许多小山。她的身体感到平静，可以看到山谷和盆地的水珠。有一种干净的有序的感觉涌进她等待的身体里。她接受了这种感觉，即使感觉慢慢消失，她开始不由自主地流出眼泪，疼痛爬上背部，牵引她去一个隐蔽的地方，她闭上眼睛避免强光照射。这个山谷一直在她的眼里，这样她可以找到一个小地方躲起来，她看着小山叠着小山，对她的每一个痛苦投射保护的阴影。

星星都在我们的眼中，这就是我们会孤独的原因。我们还没有出生。我们中有些人永远也不会出生。出生就意味着机会和好运，活到明天是纯粹的动机和兴趣的使然。她不感兴趣。

当孩子要离开她时，她想到了别的事情。她发现天空低垂，正青睐她脆弱、折叠的膝盖。小山已经消失，都不见了。她眼睑低垂，小山都被夷为平地。在欢笑和泪水的混合中，她又看到了深红色的嘴，红色的划痕划过整个蓝天。它们扇着翅膀无声地降落在荆棘丛上，像一阵微风似的挥舞着影子路过她身旁。所有的声音在这些翅膀扇动的节奏下都是静止的。鸟儿与暗淡的荆棘丛融为一体。美丽的红色花朵再一次拥抱着荆棘丛。事实上，她能闻到花粉的味道，也能看到蜜蜂。她笑着，一个孤独的女人疯狂而又安静的笑声，充满了致命的认知和遗憾的欲望。从远处看，她的笑声只是地面上的一个标记。

她的大腿颤抖着，身体淹没在离荆棘丛很远的地方，荆棘丛光秃秃的，不能提供安慰。她把头埋在右臂里。她必须闭上眼睛，交叉双臂来支撑最后渗出的渴望。渴望一波接一波地释放出来，像洪水冲破河岸，发现了一个新的没有水的河岸。她在河底，但那里是干的。洪水从此岸到彼岸撕开河床，她不为所动。这条河无所不知，洪水不停地重击，震耳欲聋。这不是水而是一股流动的风，一团不停燃烧的火。什么也没有诞生。根本没有什么诞生。什么都没有带走。

时间让她闭上了眼睛，然后，一种慢慢积聚的未被发现的力量推动她前进，就像一片花瓣在风中飘动。她的手指湿滑，皮肤燃烧，时间承受着每次的破裂，就像花朵盛开或树叶被净化一样。

荆棘和红色的花瓣一起等待。她摇摇欲坠地站在荆棘丛旁，用荆棘编织摇篮。她折断荆棘的每个小树杈和每一个小树枝，手指流着血。她手上的皮肤撕裂。她把娇嫩的花朵原封不动地留下。她编织了一个鸟巢，一个粗糙的荆棘摇篮，她把摇篮放在地上，脚上的痛苦在流动。摇篮像筛子一样盛放她流动的血液。每根光滑且尖锐的灰色的刺勇敢地相互交织，像一个紧实的巢，放在她身体下面，巢上面是她的身体，身体在舒展，朝着光颤抖，在她下面，孩子还没有流出来。

落在荆棘篮上，落在分开的沙子上，每粒沙子相互推开，没有碰触，没有熟知，没有归属。一束束光，似乎不是从一个地方射来的，穿过她的整个身体，仿佛她是一层覆盖在鸡蛋内壳上的透明膜。

她感觉到胳膊内侧、肘部和脚踝上的温热，她知道自己离那些花瓣再近不过了。她躺在地上，沉重的前额充满痛苦，耳后大汗淋漓。她的痛苦永无止境。她在地面上与强烈的恐惧和屈服做斗争。

她把穿在裙子里面的尼龙衬裙拉下腰部，把它往膝盖和脚的方向拉。她把尼龙衬裙拿出来后，将衬裙拿到脸上，擦了擦前额。衬裙从她身上滑落，落在地上，但她不断地把它捡起来放在前额上。虽然她的手在颤抖且都湿透了，但她还是握住了衣服。她用力按，一次又一次地擦拭前额。当她擦完时，脸就干得要裂开了。

她得不到安慰，无所隐藏。她擦干净前额。衬裙湿了，浸透了手指，衬裙变得更滑了，现在充满了身体的温暖。她将这种温暖放到肚子上。她继续感受身上湿透的衬裙。她伸手把尼龙衬裙塞进大腿间。

这条裙子放在令人震惊的伤口与地面之间，在她下面变成硬块。她左手找到那条裙子，将它拿到前面。她整个身体左侧现在直接躺在地上，她立刻明白尽管这块碎布衬裙给身体一侧带来了持续的疼痛，但已经变成了锚。像锚一样的疼痛。她试图从地上站起来，拿这块破衬裙裹在身上，将衬裙牢牢地夹在两腿之间保持温暖。

土地，软韧的筛土，支撑着她整个身体。她向前抬起身体，血流向衬裙，她看到她被淹没的地方。血浸透了衬裙，她拿起右手，用薄的尼龙衬裙接住不再属于自己的温热的小身体。

稳稳地，更稳一点，她能感受到自己身体的每一个动作。血洒在胳膊上，流到手中湿滑的尼龙衬裙上，未出生的胎儿太小，甚至不能称为孩子，只是尼龙衬裙的混合物，在沿着下摆伸展的花边中，她手里捧着这个胎儿，这个具有黏性和摸着不舒服的略带弹性的物体将尼龙衬裙聚集成漂亮的粉红色褶边，闪闪发光。她偷偷地把手合上。

地面是柔软的，她搬动胎儿，用手指轻而易举地移动它，几把被太阳灼伤的泥土和几粒沙子。沙子在日光下自由而明亮。每粒沙子之间的土壤是一种棕色的细粉末，粉碎成神圣的轻盈。她的手指都湿了，所以湿润让沙子粘在一起，爬上她安静的胳膊。

她迅速地把这片肥沃的土壤收集起来，动作优雅而轻松，像一次问候。突然间，在柔软的土壤下面露出了坚硬的地面。一块黑色坚硬的盔甲，小巧，她没能把它敲空或折断。

是，是，是。这种土壤就是这样。它不移动。没人对它有好意。它猛烈沉寂，它是密封地球底部的平顶。水不能溶化它坚硬的支撑力和刚强的意志。她挖洞，就像某些动物一样，它们害怕猎物，无处可藏，因为它们的皮毛和气味太明显，虽然本来是为了保护它们，但留下的痕迹太明显，不容忽视。它们的绝望，它们的动作，显示出一种完全的不信任。地面是岩石，她每次尝试用绝望的双手敲开都遭到抗拒。

只有柔软的泥土滑到一侧，堆积起来，滑动起来，堆积起来。软土形成一个大土堆，像一个碗，盛着她尚未落下的热泪。软土是如此干细，当她把它们压在一起时，它们像面糊一样粘在一起。然而，一丝风把它们吹散了，它们回到了空中。它们里面是更干燥的泥土，如重复的梦，紧密团结在一起。土更黑，胜利笼罩了她的脑海，她的脑海一直在不断燃烧。燃烧的一切很快就会变成灰烬。她挖出泥土的核心，土壤变得光滑、慈悲且充满了宽恕。它已经变成了灰烬。她将手指编织成碗，捧起土，抬到头上，抬得更高，松开手，泥土像甜蜜的回忆一样落到地面。

她感到自己有些口渴了，不知道过多久她才能喝到水。她向往沃土般柔软的土壤，还有水的味道。她渴望简单的真理：早晨，太阳初升，阳光爱抚着地球，就是这样。她嘲笑自己对其他事物的渴望，一些无害的事物，比如日出，一些她不需要用身体来衡量的事物。在外面，诱人的遥远的地平线上，是的，日出伴随着像红色尘埃一样的狂野喧哗。就是这样。熟悉又自由。液体发酵。

缺水。水可以使事物结合在一起。池水中的两块石头成了一块，但空气中的物体都是骄傲的、孤独的。两根棍子，孩子脸上的两只眼睛。当植物干燥时，它具有了石头的冷漠。经常，植物可以燃烧。它轻得像尘埃。

她在干燥的土地里；她在永恒中等待；她在地上挖洞，舌头惊讶地伸在齿间。她的注意力集中在一个温柔的地方，准备形成一堵无法穿透的墙。安静的沙土，冷漠的土地。

荆棘丛映衬着地平线锋利的边缘。这里，早晨和白天都有同一片天空和坚硬的土地。除非眼前还有一些其他物体，否则转身意味着没有什么重要的物体，肩上没有变化，还是同样的场景，当然除非你知道一些关于云的知识，知道它们的形状和重量。眼睛可以看到，云里面有水，或者大多数情况下，里面没有水。如果有水，你可以从像花粉一样的云中看到。改变方向意味着一些完全不同的东西，也许是关于生活的，当然不是打算让肩膀与树干、巨石、河流或希望重新排列。

当周围的天空无比湛蓝时，你会寻找一丝丝低语声，话语在天空内外交织。这遥远的舞蹈像微风吹过一堆羽毛一样引人注目。

干扰不会更改物体的绝对轮廓，只会改变其情感。这是一个建议，像孩子天真地吹着一粒米，吹掉破碎的谷壳。

有时，又细又窄的杵悬浮着、摇曳着，它们看起来像天空中的蚁穴。整个碗状的天空看起来好像有山丘飘浮在其中。山很黑，上面白烟缭绕。岩石叠在小一点的石头上，一层又一层，在地平线上触摸天空。没有翻滚，只是一些扭曲的现实。很干燥，不是水。

有一条裂缝，像又细又干的枝杈；树枝折断。

费费拉菲的大腿又光滑又美，如同记忆中的一股香味，它们彼此分开的一瞬间，不像是由水结合在一起。这是一个安全的地方。这一刻的消逝是短暂的。触摸着她的左大腿的感觉就像长时间的叹息一样。

天空低垂，一切都很炫目。沙子像露珠一样闪着银光。空气冷却后，清爽新鲜，费费拉菲感到风拂过额头，微风在增强，吹拂着她的眼睛。她闭上眼睛，感受皮肤的清凉和温和。她的膝盖变冷了。随着她膝盖上的力量增强，每一个负担都逐渐消失，她知道她能行走，能找到自己的庇护所。

她的心跳，她的胳膊，她就是她。她破壳而出。在这片天幕里有一种舒缓的空虚。她忍受了自己任性地失去孩子。有意的，并非意外；预期的，而不是无意的。她的大腿上、手指间都有干涸的血迹，她头晕目眩，很沉重，干燥的地面，空洞却自由。

如此。

每一刻都是她的，她回忆每一个鲜活的细节，同时她还在回味，生活在细节中和部分细节中，与细节分离。站起来，她一定记得。她周围的泥土像黏土一样堆起。她的血染黑了泥土。她的衬裙不见了，埋在干燥的地下。她的裙子从腰部垂到膝盖。裙子的折缝向外张开，沙雨从折缝处流淌到她的脚上。褶边在皮肤上摇摆。这条裙子是亮黄色，遮住了她的膝盖。

当她拉裙子上的拉链时，拉链已经坏了。她拉起裙子，沿着带子把拉链顶部的纽扣牢牢地塞进一侧的接缝处，衬衫凌乱地搭在裙子上。这种布料容易起皱。她也记得这点。混乱，凌乱。她在整理，试图让无序变得有序。她的手指撕裂出血。有个纽扣掉了，她的衬衫敞开着。她看看身后，看看地上，她手肘曾经支撑过的地方。那个纽扣不见了，她知道寻找那个纽扣是徒劳的。

固定纽扣的线还在衬衫上。她已经计划把衬衫上的最后一个纽扣移到衣服的顶部。这一行为将改变她的感受，现在她处于困惑之中。她双乳裸露，乳头很柔软，乳头摩擦到布时，仿佛烫伤般痛，太阳最凉爽的光芒照射到她的乳沟上。

她将光滑的泥土撒到点状的地方，一圈又一圈，一只受伤的动物在那里举行了一个孤独的仪式。她在痕迹上利落地撒上干净的沙子。她紧紧抓住自己的痛苦，在狂乱释放中，她一把一把地倒沙子。最细的土壤会被吹走，而最重的晶粒会迅速下降。最细的土壤细得让人看不见。

费费拉菲闭上眼睛，倾倒自己的悲伤。她撒了越来越多的泥土，直到她周围已经形成一个高高的土堆，然后她倒在地上。她已经建成了光滑如灰的坚实土堆。然后她休息。她要恢复体力。

绝望的苍穹。凡是要埋葬在这片土地的人，都要被安置在这地上最轻的土里，轻得连蚂蚁都可以搬动，将它与唾液粘起来，建造比树木还高的建筑。

十七

时间像洪水中的河岸一样膨胀。

整整过去几周了，梵巴萨才回来。她着急地等待，虽然也感激他不在。每天她都觉得恢复了。费费拉菲昏昏沉沉地走着，无法摆脱痛苦。她不清楚自己是否已经离开死亡或生命。她被折成两半，其中一半是死的，另一半活着，不知道哪个更强壮，她的痛苦也卷入了这场挣扎。她醒着，被一种强烈的诱惑所吞噬，她很想告诉陌生人自己的生命已经结束了。陌生人会收集细节，然后把它们散播到风中。

恐惧变成悲痛。她回想起给她带来信件的自行车车铃声。一首歌点亮了她的嘴唇，但她唱不出来。她再次尝试。她说不出话，只是做了个形状，一阵疯狂的铃声，好像舌头上有盐。堆积的灰尘。失去的曲调。指甲伸进手掌，软得像碎木头。

她听到石棉裂开，屋顶在她上面拉扯收缩，如同骨头折叠的声音。她的身体从酷热转为寒冷，出现了她不太熟悉的风景，这让她难以置信。恐惧已经消失的地方现在一片空白：某种东西已经消失了。寻找至关重要。她跌跌撞撞，没有穿鞋，这仿佛是六月中旬的冬天。她的脚钩到了一块留在联合学校操场外面的金属写字板。血液从脚趾蔓延到写字板；她徒手擦干净受伤的脚。

她脑海所思考的方向都遇到了障碍。另外一些更大、更坚实的东西给她投下了一个可怕的阴影，把她的思想分成不可调和的部分，把她的记忆撕成碎片。这个阴影吞没了其他的细节，她孤独地寻找，因此她想知道为什么她仍然无法闭上眼睛睡觉，无法忘却细尘吸附在咽喉上，阻碍了她。

屋子很小，因此试图隐藏的想法注定会失败。费费拉菲抬起身子。她站在地上，感觉像一束光，一波接一波，好像她好几天都没吃东西了。她拿起一块湿抹布，弯下腰，抹去房间里的几滴血。她胳膊的动作很快，来回抹。她想在梵巴萨回来之前，在梵巴萨知道她隐藏的真相之前，恢复原状。她等待着。

费费拉菲还记得桑迪里。她痛苦地闭上眼睛，仿佛看到桑迪里，桑迪里手放在腰上，背靠在衣柜上。她回忆起桑迪里是如何把她拉到一边，给她一件在20世纪20年代穿过的裙子。桑迪里首先检查一下博伊迪是否能听到自己的秘密和焦虑的窃窃私语，然后转向费费拉菲。费费拉菲惊奇地看着这个焕然一新的桑迪里，这个充满关怀的桑迪里想给费费拉菲她过去所有的宝贵的东西，这让桑迪里觉得自己与格特鲁德的友谊是一种非凡的美德，这个美德在各方面救赎了桑迪里，但要让这段友谊保持真实，让它的纯真永存，这取决于费费拉菲。

费费拉菲拒收了裙子。费费拉菲已经得出结论，桑迪里就像一只蜘蛛，她希望费费拉菲陷入蜘蛛网中。当费费拉菲拒绝时，桑迪里的眼睛闪闪发亮；桑迪里不是一个能容忍拒绝的女人。现在桑迪里对费费拉菲说话的语气充满嘲讽，仿佛她不再在乎了，好像不久前她没有试图送费费拉菲礼物似的。"费费拉菲，你不是男人。如果你不做男人，打算在马科科巴做什么？难道你不知道一个女人只有一段时间来度过她的一生吗？她必须从中选择属于自己的和不属于自己的。除了时间，没有人能证实她的说法。马科科巴镇对像你这样的女人并不友好，她们把自己想象成蝴蝶，可以停落在任何她们想选择的花上。"

桑迪里声称她了解格特鲁德，就像了解自己的影子一样。"我在马科科巴建了自己的房子，不是用石棉板做的，而是用砖和水泥建的。这是一个房间，但它是我自己坚实的庇护所。"桑迪里说。她提醒费费拉菲，说到这个，又提到那个，还提到她自己的严重创伤。

费费拉菲在等待梵巴萨回来。

即使梵巴萨刚刚离开费费拉菲，他也感到深深的失落。让他心神不宁的不是害怕她走了，而是她不对他说实话。他感受到分离的痛苦，好像她用全部的话拒绝了他。与她在一起的最后两个晚上，她是最难相处的。他想问为什么。

梵巴萨放心地离开了，他有别的地方要去。他可以思考她的每一次沉默。一个他无法确定的轮廓。他看着她消失在他们之间的鸿沟中，好像她潜入了一条河。她听不见他说的话。他带着疑问。他离开了。

他不急着回去。他记得，费费拉菲蹲在床上，在他身边躺下，紧挨着他。她的身体温暖，她的眼神空洞，没有欲望，但她设法唤醒他，让他靠近她。她抚摸着他的背，另外一只手柔和地将他的头放下来。他进入体内时，她倒吸一口凉气，他停了下来，拔出，但她抓住他，然后再让他进入体内。她紧紧地将他夹在大腿间。她害怕每次的亲近，仿佛他给她带来了伤害。梵巴萨好奇她是否在自己外出期间遇到了另一个男人，但这样的想法让他害怕，想法一闪而过。她一直在哭泣。这个事实真相对他来说难以宽恕。

他想告诉她，她的拒绝没有破坏他对她的需求。他需要她，即使她站在远处看着他。难道她不知道他们之间的时间的真实尺度吗？他们一起度过的时间是永恒的。难道她不知道他们之间的距离的真实尺度吗？他无须抬起任何一根手指也能触摸到她。记忆的真实尺度：她的身体包裹在水里。放纵的真实尺度：只有她能怀上他的孩子，只有那时，他才能有新的梦想，所有的孩子都能从溺水中获救。逃跑的真实尺度：她张开双臂等待着。死亡：
她没有避难所？

费费拉菲对她的烦恼起因一字不提。

梵巴萨再次要离开的那天，她表现得好像忘记了他是谁，只
是模糊地意识到了他的存在。他逗留只是想证明前一天晚上的决
心，他爱她是爱她身体以外的东西，与她选择给予、接收、分享
的东西无关。他感到内心的焦虑像一个冰冷的影子。这次他没有
试图远离她，而是继续他的每一个动作，然后释放她。

他和她一起在河里，像她所说的那样屏住呼吸。就算她不理
他，他也可以生存下来。他屏住呼吸，尽可能地长时间屏息，向
永恒表示敬意。在每次呼吸和肩膀的动作之间和费费拉菲的每次
沉默之间，梵巴萨试图回忆一个女人告诉他的最真实的事情。

费费拉菲没有说任何话来消除他的恐惧。那天晚上，他梦见
一个光亮的湖，看到父亲淹死了。早上，他迅速地从床上下来，
离开了房间，然后她睁开眼睛，用熟悉的茫然的眼神看着他，好
像他是一个陌生人，对她来说她只知道他的名字。他不能忍受这
种状况。他怎么能问父亲的名字还能生存下来？当最持久的真理
并不总是用语言表达时，他怎么能问她隐藏了什么？

早晨一片漆黑，只有柔和的光照在屋顶上，他沿着西多日韦
E2街道一直走。当他经过德利韦家门前的华丽荆棘丛的另一边时，
梵巴萨看到德利韦的门半开着，他悄悄地想知道什么样的女人会

邀请每一个经过她门口的无限悲伤的人，没有遗憾或负担，无论什么时候，无论付出什么代价。

梵巴萨加速走，离得更近。他接着往前走时，他注意到一天中的那个时候，西多日韦 E2 街道明显的不同不是光照在屋顶和树篱上的亮度，而是仅仅因为没有孩子们玩耍而存在的绝对黑暗。在睡觉和做梦的孩子们确实不在，西多日韦 E2 不再是他熟悉的街道。他继续痛苦、无奈地离开。

他希望可以推迟离开，设法带走小孩拍打着脚的回声。他们响亮的声音像大量光芒一样跟随着他。

十八

　　梵巴萨知道了这件事。

　　费费拉菲还不清楚他是如何知道的，何时知道的。在她被录取进入6月的护士培训前的两个月，她清楚他已经知道她怀着他们的孩子。他肯定知道。这是他做事的方式，越来越让她想起他过去是如何做事的，他的注意力以她为中心，他的每一个行为都包容她、关注她、首先考虑她。正是由于缺乏这一点，所以她明白他已经知道了，即使他没有说他知道。不是他看她的方式，而是他完全不看她。早晨，他跟她保持一段距离，把她的胳膊从他背上拿下。她注意到了。他一次只跟她说一个词。词像鹅卵石一样。他忘记了一些事情。他忘记了她喜欢的东西，不再吹她最喜欢的歌，他把工作服挂在腰上，拿出衣服的两个袖子把它们系紧。他更喜欢这样却不喜欢她的胳膊。他那样坐着，因为下午太热了，白色背心紧贴着皮肤，但他拒绝让她打开门，即使半开着也不行。他想关着门，这样看不到外面的世界。

他已经修理好破碎的窗户。他花了整整两天时间把它修好。他没有问是谁打破的，也没有问是怎么打破的，只是拿来了一块新玻璃。他仔细按尺寸切割玻璃，研磨边缘，仔细测量玻璃、窗格，确保没有裂痕。他把整块玻璃放在一堆报纸上。他指关节突出，牢牢地抓住玻璃，慢慢修理。他每次的动作都很谨慎细致，他屏住呼吸，仿佛打碎玻璃要付出生命似的。他用牙齿紧咬下唇。他知道了。

她好奇，但是不敢问他。她希望这两个月能很快过去，这样她就能够住进医院宿舍开始训练，在1950年底完成训练，但当她想到这些，她避开他的眼睛，容忍他愤怒的触摸时，她想知道他是怎么知道的，什么时候知道的。窗户玻璃上满是他的指印。她想清洁玻璃，但还是让它就那样放了好几天。她不想干扰他做的任何事情。她不敢激怒他。他们现在极度沉默，随时易碎。她不能问他她想得到答案的问题，所以她保持现状。如果他不能谈这件事，她不会问，但在她脑海里，她急切地想了解他知道的情况，知道的范围和广度，他是否也像她一样屏住了呼吸。

甚至当她知道他没有去上班时，他照样也会离开。他消失了，经常消失。这件事困扰着她，但她不敢问。他回来后变了，能够看着她，微笑着，好像他想要给她一份礼物，但她知道这是轻蔑和愤怒，而不是爱。也许是那些感情的杂合，但不再直接、笃定，她在这一切中如此孤独，逃避时如此绝望，她原以为如果她知道他是如何知道的，这会有所帮助。他以此对抗她。他什么也不说，这还不如他说点气话。他的沉默正在加剧。她寻找他知道的方式和时间，却一无所获。她开始希望是自己弄错了，她的恐惧燃烧成一团低温无害的火焰，她把他拉近。她想忘记发生的一切。如果她触摸了他强壮有力的臀部、笔直的胳膊、狭窄的背，她会忘记的。她把他拉得更近。她想躲在他怀里，忘却磨破手指上的硬土。她深深地渴望。她得出的结论是他不知道，是她的恐惧吞噬了她，使表面看起来像他知道了。

然后轮到费费拉菲知道了一些没有说开的事情。当她知道时，她的身体陷入无底的泥土中，痛苦不堪，就像有个男人把你拉向他并把你压下去，整个方式的节奏或仓促或缓慢，他向你展示他去过哪里，在触摸你之前他的身体已经体会了另一个微笑的女人的胳膊、大腿，别处的甜蜜，不是这里的甜蜜。不用告知却知道，这种滋味是痛苦的。你的眼睑和身体的每一个部位都会升温或冻结，然后绝望的搅动来了又走，来了又走，深深地进入你的肚子里，在那里，你的欲望突然像血液一样凝结起来，屈从于对某件未经证实的事情的记忆。另一个女人也有着令人渴望的双臂，她的胸部贴着他的胸部起伏，你以为只有你熟知这一点，手指伸开触摸胸部，像一句挽回的话一样，把每一个特别的承诺和他的名字放在你的舌头上守护。然而，费费拉菲把衬衫脱过头，把鞋踢到床底下时，想起另一个女人肆无忌惮的笑声，另一个女人靠着梵巴萨的锁骨，下巴紧贴，他压着她，她的嘴唇吻他耳垂周围，他的手在她背部交织在一起，抬起她的臀部形成紧圈，他双手触摸、寻找她最柔软的部分，这加快了他的兴奋，他往下滑，抚摸着她，她抬起并向前移动她呻吟的身体，他将她拉紧，到达她的最深处，然后拥抱抓住她的身体，那里有她的味道、她的感觉，就像明天一样……他在另一个女人的耳边低语着善良和无言的神秘……想要她……这种感觉。知道这一点。他拉住她的双腿钩住他的身体，她锁住他，脚后跟搁在他背中间，他好奇在他接触到坚实的身体之前，他是否能再等一段时间来细细品味这一切，再停留一段时间去感受它，他知道这些终将结束，只是比这段时间略长、更长。是某个陌生女人的身体，不是你自己的身体。他在她耳边低语着，给她起名字，给她热情自我的每一部分起名字，给她起所有人能找到的名字。知道了这一点，他可以把他美丽纤细的手放在别的地方而不是这里，把他的呼吸与别人的呼吸联系在一起，而不是这个呼吸和这个身体，并且当他的臀部丰满和饱满时，能够毫无羞耻地看着这个陌生人的眼睛，在另一个女人抬起的膝盖之间满足后，他的臀部下垂且全身松垮。这一切的想法太像缓慢的死亡，会使人的舌头变得沉重，像铅一样，不停地对上颚进行敲击，直到其他东西屈服，窗户打开，星星从天空坠落。

对于那种挥之不去的疼痛，你必须找到另一个名字，因为那里曾经有渴望。你的双眼睁开，空洞且失望，然后血液从你的脚后跟直冲到头部，无比响亮，你对它的无尽悲伤充耳不闻，对全世界充耳不闻，但血液在上下流动，把你的核心分开，你的命脉，一股接一股，不是你，而是另一具身体躺在这具身体下面。你好奇活着的目的，如此不虔诚，如此平凡，如此被遗忘，如此死气沉沉，如果你这样死了，为什么你以这种永不满足的方式呼吸？你无法命令身体停止呼吸，因为，是的，你知道怎么做，像握拳一样紧紧屏住呼吸，相反，一切都在大声地跳动，只是要提醒你怎样真正地活着，如何陷入所有生活的细节中。你的膝盖弯曲和折叠，你的胳膊肘断裂，记忆在你的脑海中被揉捏。

死得越早越好，埋在费费拉菲找到并握住的细沙里，她仍然能感觉到那细沙消失在手指间。

另一个女人是谁，何时发生的？

十九

德利韦怎么会知道关于梵巴萨的事情，隐秘的事情，费费拉菲却不知道。这种事情不会有人说，只有某个特定的人告诉另一个特定的人，只是因为他们认为这个人不再是他人，而是他们自己。

梵巴萨从未告诉费费拉菲，他的父亲在1896年与其他十六个人一起被绞死了。他绝对没有告诉她，否则她怎么能忘记这样一件事。是德利韦让她知道了这件事，德利韦扬起眉毛对她说："父亲被白人男子绞死的男人很骄傲。必须小心对待他。"费费拉菲问德利韦是哪个男人、哪棵树、哪十七人。她有兴趣知道德利韦是怎么知道的，费费拉菲每天晚上与梵巴萨睡在一起却不知道，德利韦是何时开始知道梵巴萨身体的秘密的。

费费拉菲不用问，因为德利韦急于要告诉她。德利韦是这样一种女人，她不害怕眼睁睁地看着另一个女人化作灰烬。德利韦告诉了费费拉菲她与梵巴萨的每个生活细节，年长的她，告诉年轻的费费拉菲，不知道她的诉说完全分开了生与死，年轻的生命已经结束。费费拉菲必须问，确认这不仅仅是对自己错误的惩罚，但事实上这就是真相。所以她问德利韦，是否知道梵巴萨的皮肤上有像山一样的奶油色疤痕及疤痕的位置。德利韦知道。不把他的裤子脱下不会知道疤痕的位置。她跟他一起抚摸那些山，参差不齐的高原。于是费费拉菲让德利韦继续讲下去，讲他们躺下后的耳语，聊被绞死的人消失在树上。费费拉菲想知道为什么梵巴萨在乌姆古扎河救了她，却没有足够的爱来告诉她这件最真实的事情。他们在一起的日子似乎都化为乌有，变得无形，因为她对他一无所知，而他只是在等待德利韦的爱。德利韦会比费费拉菲更能理解他对一个五十岁的女人而不是其他人说的话，德利韦是一个知道如何使男人忘掉悲伤的女人。费费拉菲不用问德利韦低语回复了什么。德利韦已经向他耳语了费费拉菲告诉她的所有事情，他就是这样知道的。

对德利韦来说，一切都是快节奏的、熟悉的，她对断翼的鸟一无所知，因为她亲眼看见一辆汽车倒车时碾压了它的身体，但它还是存活了下来。她的眼睛里有蝎子，她需要时会召唤它们。对她来说，费费拉菲是一个年轻的女孩，甚至不需要离开西多日韦E2街道也能找到另一种爱。

毕竟，是梵巴萨走进了德利韦的门口，遮住落日的余晖，一直待在那里，直到她双臂抱着他。她用小指指甲提着酒，是他要了一口酒。她的手浸在她能找到的最甜的酒中，伸手递给他。同一天晚上，她知道了他父亲去世和他出生的确切年份。就这样轻易地发生了。

德利韦忘了，梵巴萨的脚一抬过门口，她就迅速、有效地关上了门，在他说话时她抬高肘部，好像她必须抬起某种重负，用手指寻找最紧的结，打开结，拿下头上的红围巾。她靠在那扇关着的门上，堵住门，好像门有自己的意志似的，想敞开着请梵巴萨改变主意。

德利韦双臂交叉着紧紧地放在胸前，手弯曲着放在肩膀上，等待着。红色的围巾像一根长丝绳一样从她的左肩垂到脚上，左脚伸出来，整个脚跟随意地搁在鞋子上，压着黑皮鞋。当梵巴萨跪下来时，他已经看到了她那柔软的脚的内侧曲线，听到她唱出一种旋律，他问她狐步舞是什么样的舞蹈，因为在马科科巴镇斯坦利舞厅的每个人都在窃窃私语这种舞蹈。综观所有的美好事物，什么样的舞蹈是二对二的舞蹈？它是否比雨还甜？如果有人知道，那么他也必须辨别鸽子是否可以在月光下孵化出幼崽。德利韦在门边一直下滑，围巾掉到地上，好像她打算在那里躺上一整夜，同时四根蜡烛融化了黑暗。她头上没有围巾，露出乌黑发亮的头发，梵巴萨知道德利韦的眼睛里没有蝎子。他抱起她，好像在他下定决心之前，德利韦的一部分会消失，像泼出去的水一样，或者他有足够的时间来回忆她说过的最后一件真事。

跟警察在她家里做的一样，德利韦把费费拉菲的门半开着。德利韦没有看到当她走进房间时费费拉菲眼睛里第一次闪烁的光彩，她离开的时候这种光彩消失了。

费费拉菲把门开着，认为梵巴萨回来时会把门关上，也许他已经在西多日韦E2街道尽头德利韦的家里等待着德利韦。费费拉菲从床上爬起，只做了一件事：检查他破旧皮夹克的所有口袋。如果这一切都是真的，就能找到德利韦声称她自己给梵巴萨的手工制作的竹笛，这象征着梵巴萨接受了这一信物。费费拉菲很快就轻松地找了起来，她想起德利韦来的第一个下午，她像只狗一样跟随着德利韦到德利韦家。这是费费拉菲最后必须确认的事情，如果她找不到，这一切就根本不是真的，她会没事的，她可以躺回床上，一切都会平静下来，回到稳定的状态，她能存活的状态。一切都将像火车引擎一样停止，她还好，她呼吸平稳，还能呼吸。她轻而易举地找到了长笛，那是一根很小的长笛，她双手颤抖，把笛子紧紧地贴在嘴唇上，听见它清晰地发出一个音调。她嘴唇靠近笛子，但是她的呼吸跟不上嘴唇的动作，所以她把长笛放在身边，放在床上，因为这一切都超过了她的负荷。她倒在床上，低着头。

他在哪里？他打开了奶瓶，苍蝇在上面嗡嗡响。他把报纸放在地板上，所有的页面杂乱地叠在一起。他把皮带放在那边的长凳上，金属纽扣碰到了地上。如果她在的话，她会在什么时候拿起扫帚，扫长凳下面四个角落的蜘蛛网？他离开了她，她坐在这儿，双臂空空，德利韦跳着华尔兹进来，好像她以前来过这个房间，确切知道费费拉菲坐在什么地方，知道转身前说什么话，德利韦的高跟鞋咯咯响，门虚掩着。

当梵巴萨走回房间时，他看见费费拉菲拿着长笛，费费拉菲问他为什么要长笛，为什么是德利韦，为什么要讲他父亲的秘密。

"你杀了我们的孩子？"他终于问道。他嘲弄地抬起眉毛，一言不发，告诉她没有什么比孩子更重要，为什么她要把晚上的最后一束光浪费在比她的背叛更次要的事情上。

"不是德利韦。你曾经与德利韦在一起？她来这里告诉我一些奇怪的消息。你知道这事吗，梵巴萨？"

她的声音逐渐变低。她在祈求。他能听见她说话，但他不再在乎她了。突然下起倾盆大雨，他脑袋发胀。他向她走去，满是皱纹的脸俯视着她。他看着她，仿佛他们刚刚见面，他不认识她。她一直盯着他的眼睛，试图引导他回到他们开始的地方，来到乌姆古扎河，在那里他们都看到了太阳跃出水面。她的眼里充满这种记忆。她对这张紧绷的脸表示歉意，因为她对这张脸所预示的暴风雨一无所知。他从床上拿起长笛，把它扔到房间的另一边。长笛撞到墙上，发出坚硬的声音，听起来像骨头断裂，然后掉到地上。她想起那块从窗口扔进的石头，她感到恐惧和孤独。这种断裂和碎片更加可怕，因为他拒绝了她们两个。长笛掉在地上，碎成两半。安静地碎裂，里面除了死亡和断裂的骨头之外什么都没有。房间里非常安静，只有他的双臂等待着。他转向她。她听到了每一个字。

"你什么都不是。现在我知道像你这样的年轻女孩是很危险的。你是怎么做到的？难道你要回到你母亲的朋友，那个桑迪里那里，我遇见你之前你一直住的L路8号？那个人阴险地煮沸了一壶食用油，然后把油倒在她丈夫的第一任妻子身上，直到她皮肤脱落，像毯子一样爆裂。那个人，她用另一壶沸水烫掉她丈夫的整个胳膊，就因为第一任妻子首先拥有了他。我认识那个桑迪里，你难道以为我对她一无所知，事实上博伊迪跟她待在一起只是为了保住自己的性命。我也知道你母亲的一切。你的母亲，格特鲁德。她被她的情人杀害，一名白人警察开的枪，因为他在午夜拜访她时发现她在家门口跟另一个男人说话。这个白人警察再自作主张地帮你安葬了她，因为他知道所有的一切，他就在那里。也许她也杀害了他的孩子，虽然我认为他不会在乎，但是他在乎她跟别人幽会。他不在乎吗？他开了枪，也平静地安葬了她。我救了你的命，要不然桑迪里早就杀了你，因为她会摧毁博伊迪看上的和欣赏的所有东西。她肯定会杀了你。你难道以为她会让你一直活着？现在你杀了我的孩子却没有告诉我一下。你把我的孩子埋在了哪里？"

费费拉菲静静地躺着，牙齿在打战，因为他说的每一句话都像矛一样刺穿了她。他打碎了她的整个核心，她什么都不是，甚至超过了她的想象。她再也看不到星星，再也走不动，再也抬不动胳膊，沿途清理蜘蛛网，任何需要她挥动胳膊或抬起双脚做的事，现在对她来说都变得不可能了。她双腿感觉很轻，比竹子还轻、还空，毫无重量，她就像一片孤独的羽毛一样飘浮着，在他每个伤人的字之间悬浮着。她像一团火焰一样死去。她双目失明且刺痛，不是因为眼泪而是因为脑袋抽痛，绝望，她能尝到金属或玻璃的味道，或者那种不停地在她舌头上来回滑动的东西，细小的粗糙的碎片割破了她的舌头，她整个身体僵硬，因为如果她抬起头来看他在说什么，她仅存的真实自我就会消失。不管怎样，一个声音像一棵倒下的树一样朝她袭来，她太虚弱了，无法动弹身体，无法躲避撕扯脸蛋的树枝，这些都让她无法看清楚。她被连根拔起，但是她在哪里会找到新的天地呢？在这个梦中，她不再活着，梵巴萨根本就不在她面前，但是他的声音跟着她，指责她，抓住博伊迪的手，放在她身上。博伊迪一点也不介意。他是一个喜欢月光的男人，喜欢月光下的所有东西，萤火虫、爬行的昆虫和被丝带缠住的女人。费费拉菲保持不动，没有移动，梵巴萨站在一旁，博伊迪随心所欲地对她想干什么就干什么。她没有反抗。桑迪里假装这没关系，但她计划用她能找到的任何热液体

来毁掉费费拉菲。计划好了，就这样。桑迪里所能做的无非就是
做一个计划。桑迪里不能杀了费费拉菲，因为她是费费拉菲的亲
生母亲，桑迪里知道这个事实。桑迪里把费费拉菲交给格特鲁德
抚养。桑迪里不能杀死自己亲生的孩子，生孩子时她险些丧命，
因为这个孩子不肯自己出来。医生不得不拿起一把刀，切开桑迪
里的肚子，然后把孩子拉出来。桑迪里既不想要这个拒绝出生的
孩子，也不想在自己肚脐下面留下一道突兀鲜明的伤疤，这会破
坏她以后跟每个男人每一次艳遇的心情。那时孩子是一种痛苦，
同时她也绝对没有可以依靠和共同承受负担的男人。她不能抚养
这个孩子。这座城市在召唤，她刚刚敲开它等候的大门。她决心
找到城市华丽的边缘，它的色彩和光，最重要的是如果她能找到
自己的男人。她需要轻松。这是城市所提供的东西，而不是成为
母亲的负担。那是个错误，一种干扰，她正好把它当作错误对待。
桑迪里本来打算把孩子扔到沟里，然后走开，本来就要这样做了，
但是格特鲁德从她怀中抱走刚出生一天的孩子，从那时起她像照
顾自己的孩子一样把这个孩子带大。从她们脚后跟碰到黑色焦油
那一天起，从她们1920年来到这座城市那一天起，格特鲁德一直
是桑迪里最忠实的朋友。这是轻巧方便的屈服，桑迪里怀孕了，
但是剖宫产肯定不是她会选择的生产方式。如果格特鲁德想要这
个孩子，她可以自由地拥有它。可惜她也不能缝针。格特鲁德经
历过艰难的时期，但她可能想证明一些事情。格特鲁德需要桑迪

里和她自己之间展开真正的战斗，因为她被困在城市和它冰冷窒息的凝视之间。她每一天尽她所能，带着每一个新发现的可能性。桑迪里和费费拉菲一脉相承。所以，如果费费拉菲和博伊迪睡在一起，那她就是和自己亲生母亲睡过的同一个男人睡觉。现在告诉博伊迪他正和自己女人的孩子睡觉，为时已晚。他们继续真实地生活，在每一只紧握的手下、每一次触摸中、每一个词下酝酿秘密。当博伊迪遇到桑迪里时，这个孩子已经长大了，并且已经属于格特鲁德了。桑迪里认为没有必要告诉他这个孩子的事，为她的伤疤找到了另一种说法。

费费拉菲感觉大腿之间有一股温暖舒适的液体流出，她知道自己弄湿了床，不管怎样，她都能听到水像水龙头一样滴在地上。她什么也没做，保持沉默，等待梵巴萨的话语在她耳边停止回响，因为他说完话很久以后，这些话仍然像回声一样萦绕在耳边，这一次她根本不想知道他是如何知道的或者何时知道的。是在他把她从河里拉出来之后还是之前？

二十

他离开了。

我不能忍受的最重要的原因是我又怀孕了，也不明白当他不再爱我的时候，我听到了他说他知道一切的时候，他是如何对我做到这一点的。现在，我肯定只好忘记6月的录取，因为有个孩子在我体内长大，他们不可能会接受我。我不会，不会。所以我必须彻底忘记自己要训练成为一名护士。我还能成为什么样的人？什么都不是，他已经离开我很久了，我才知道怀孕这件事，他短暂留给我的，他要回来拿走：我的幸福，被撕碎的我的女性自我、悲哀的自我。不管我的需求，不管我哪一个需求。我不会。现在，他给了我这个孩子，折断了我的命脉。我什么都不是，我不在这里。你属于这个地方，我不再属于。我不在这里。如果我给他这个孩子，让孩子长大，他会回来吗？他会离开德利韦和她的曼妙歌声吗？他会离开她的歌来到我的歌里吗？没有什么是我的。我不会。我一直在下落，下落，现在看来我已经停止下落。停止。下落。突然的停止让我喘不过气来。我已经一动不动了。磕磕绊绊和下落比这种平静要好，缺席意味着什么都没有在我的怀里。所有的水已经干涸。河里没水，一个女人独自站在坚实的地面上，在一个干涸的河床上。与我自己坚实的地面相匹配的声音不再在我怀里，低语着我的名字。

今天，我转动胳膊，聆听骨头里的沉默。我听到美妙的声音。我看见自己在暴风雨中死去。暴风雨的声音令人惊叹，优美且动听，像手掌压碎蛋壳的声音，只不过声音更响，更加坚定。暴风雨会发出响亮的声音或者很小的声音。小的声音很短暂，像生命一样纤细，它们让我渴望在暴风雨中死去，在它细小而诱人的声音中，包裹在那些最微小的声音中。一条只用花瓣做成的毯子。

当雨落下时，风就刮得很高。我能听见风在急落的雨滴间迅速移动。这是一个美妙的声音。雨打到某种固体上，一阵风把雨水吹到墙上：水没有空气重。难道你没有看过暴风雨中所有花瓣从树上落下吗？这棵树光秃秃的，但地面很美。我想躺在花瓣下面。这是一个很好的死亡方式，地面是软的，不像岩石那样干燥、坚硬。

这里有短暂的降雨，降雨时，你可以仰望天空，看到云朵聚集。乌云带来的黑暗是最柔和的。闪电发出美丽的声音，在闪电中死去，就是集聚在美丽的光中，比星星更漂亮的光。某种东西在天空中打开，某种渴望被看到的美好的东西。

一场暴风雨始于强风，这也是闪电的开始。这股风横扫地面上所有的细土，然后把地面挖空想要更多细土，发出微小颗粒在空气中融化的声音。沙子飘浮着。声音飘浮着。强风再次来袭，地面上的叶子变得光秃秃。一场暴风雨始于大量的沙子涌入天空：时间的微粒。

有时大雨滴从天空落到松软的地面上。下第一场雨时，灰尘从地面扬起，我能闻到它的味道，我想要下落，我想躺在地上，我想感受一下雨点打在舌头上的感觉。只有最细的土壤才能像香水一样升起，飘起细小的云朵，飘浮到膝盖上。雨大滴大滴地落下。一切都静止了。雨突然停了，在意想不到的寂静中能感觉到雨滴的重量。当我向下看时，地面上已经被挖出了无数个小孔。

明亮的太阳，雨。然后太阳和雨水交织在一起。泥土神圣的气息。

二十一

痛苦像某种有形的、独特的东西一样涌出。它像一棵树的树干一样牢固地支撑着。

门迅速地打开。有一个严峻的时刻想要从中退却，因为以前的时光，在不知道的时候，在还不是悲剧的时候，这种时刻是可取的、令人欣慰的、美好的。美好的东西变成平静的东西，会像撕裂的膜一样恢复。

费费拉菲寻求自己的庇护所。

她是带着火焰的光，像火焰一样飘浮着。火焰包裹着人的身体、双臂、双膝，这就是她自己，一个女人拥抱像一条被撕破的毯子一样的痛苦。一个惊险刺激的场面。被困在温暖和光明之中，被困在一池灿烂不可熄灭的火焰中，没有搅动，只是她的皮肤像果皮一样剥落，火势无情地在她身上盘旋着，噼噼作响，她的头发散发出一股难闻的气味，孩子被困在那被亵渎的臃肿的身体里。

这一边。那一边。梵巴萨应该留在这一边。正是他在门两边的位置引起了整个痛苦，并使之完整。梵巴萨把门往里推，门撞击到铁床架上，他不露声色地跟进来，吹着口哨，这是他在路灯下听到的一首曲子。他不加思考地重复着其中一首萦绕不去的曲调。没有丢失或找到任何东西；没有音调或有张力的曲调。

树篱里散发出尿的臭味。一只狗死了，没有被埋葬。恶臭味持续了好几天，每个人都在抱怨一只狗死了。现在是石蜡的气味。不必惊慌，也不必想到人的肉体在燃烧。梵巴萨走向门边，走向火海，走向费费拉菲。大火淹没了她的身体。他立刻就听到了。这声音吞没了他，快速、无畏、惊人。

她的身体浸泡在柔软的液体里。她等待着，等待着安慰，等待着为智慧预备的机遇。是时候放松一下了。她整个身体下垂。她等待着，准备着被伤害，被解放。她寻求放弃，像出生一样亲密的死亡，像爱情一样笃定的出生。

腐朽的黑暗和痛苦的记忆。火从房间一边冒出来，熊熊燃烧，快速、明显、轻松。她隐藏在如彩虹般光滑的光中。还活着。她知道他在房间里，和她在一起。火焰扑向她的身体：没有什么能鼓起勇气，除了渴望。

夜慢慢消散。他的嘴唇感受到她身体的温暖气息，他的呼吸缓慢，他的胳膊温暖。她身上散发明亮的光。没有啜泣哀鸣或呜咽，没有排斥痛苦。这种疼痛只能被治愈。

光谱细碎，轻如耳语。

静止的痛苦。她的身体在易燃液体池中散发着臭气。火光如羽毛般掠过她身上，光滑如油。她有翅膀，她能飞翔。她把胳膊转过来，看到它们烧焦了，就把它们举到头顶上方，轻而易举地，像一根燃烧的绳子一样，把胳膊往上一甩。她是一只展翅的鸟。她沉浸在一种美妙的声音中，一种无重量的上升，一种蓝色的光，一种黄色的光。皮肤燃烧的气味。

她正在消失，火焰吞没了她的喘息声，她的身体上下起伏，淹没在最亮的水里，没有被淹死，只是屏息了一会儿，这样她可以听到门撞到床边的声音，听到匆匆的脚步声进入屋内，看到梵巴萨走过大门，再一次走向她，没有说话，没有愤怒，没有离去。柔光照亮了他们之间的距离。

在她的声音变成灰烬之前，她可以低语，告诉他将永远铭记的一件真实的事情。她不确定他是否能够听到她火焰下微弱的耳语，关于他们没有埋葬的孩子的一件真实的事情，她身体里的那个孩子，像她一样自由和失重，现在，安全了，现在。一次抚摸，她自己真正的抚摸。在他爱过并离开她的身体之后，她现在开始爱自己的身体，爱自己的眉毛和自己的膝盖，最后她这样做了，用火焰拥抱了她身体的每一部分，深情而特别。

一个女人的纯粹火焰，即使她脚下的地面正在滑动，滑动远去。她在自己的暴风雨中死去，能听到风在膝盖上聚集，最美丽的洪水威胁着每一个梯田般的疼痛、每一个门槛、每一个斜坡，她在洪水下屏住呼吸，知道无论何时，不管怎样，她最终将升入自己的歌中。她所要做的就是停止屏住呼吸，放手，即使在洪水中，被流动性最强的液体淹没，肯定会淹死。她这样做了，释放呼吸，之前她一直紧紧屏住呼吸，在胸部下方集成一个结。当她自由呼吸时，她什么都没感受到，除了她的双翼对折。一只鸟着陆，收起翅膀。

摔得粉碎很容易，比她想象的更容易。远比怀里抱着一个男人容易。她像格特鲁德那样轻易地死去，比以前准备更加充分。

她已经停留了整整两天，等待着，看着那只胳膊从门口慢慢落下。找到埃梅尔达。听到桑迪里在月光下轻轻地挤出一声软柔的哭声。嘲笑格特鲁德愚蠢地信任敲开她家门的男人。

午夜时分。

译 后 记

当初我拿到这个文本时，看到其中的文字表达似乎比较简单，整本书也不厚，我还以为应该是一份轻松的翻译工作。随着对文本的阅读，我才意识到这本书是硬骨头，很难啃。因为对于伊旺·维拉的作品，在西方解读得比较多，在中国的相关研究很少，我一开始还对这种不平衡的现象感到疑惑，随着对她的作品的深入解读，我意识到中国学者对她研究不多，可能是因为她的语言太晦涩，过于意识流的表达让人望而却步。

伊旺·维拉的写作风格非常复杂、晦涩，具有后现代的特征，语言表达非常微妙、模糊，她通过形式和风格强调了其创造价值、美学想象和感官体验。《蝴蝶燃烧》这本小说语句简短却蕴含着深意和隐喻，有很多的意识流表达，而且有很多短句。这给我的翻译带来了很大的挑战，我面临着两个选择：第一个选择是保留原文的语言形式，继续隐化原文隐藏的意思；第二个选择是把原文中隐藏的意思显化，用比较流畅的译文表达出来。在面临这两个选择时，我倾向于第一个，因为这本小说的美就在于文本中语言的意识流表达及其蕴含的深意和隐喻，如果我将隐藏的意思显化，这将会破坏原文的美感，所以我在翻译的时候，多采用异化的策略、直译的技巧。

　　虽然我想尽可能再现原文语言的形美和意美，但译文可能还有不太令人满意的地方，望读者批评指正。

译者：桂文泱

浙江师范大学

二〇一八年秋

浙江师范大学外国语学院
"非洲人文经典译丛"

百年来，非洲的文化思想飞速革新，知识分子既尽力重现往日历史传统的光辉，又在全球化的碰撞下迸发出新的思想火花，在文化领域留下了不可磨灭的思想印记。非洲大陆为世界贡献了许多杰出的文学家、思想家、政治家等。在中非合作越来越紧密的今天，人文领域的相互理解也变得越来越迫切，需要双方学者进行全方位、深层次、多角度的系统研究。

浙江师范大学外国语学院拥有国内高校首个非洲文学研究中心。中心旨在搭建学术平台，深入战略合作，积极服务于中非文化的繁荣与传播，为推进中非学术和文化交流做出新贡献。

国内首套大型"非洲人文经典译丛"以"20世纪非洲百部经典"名单为基础，分批次组织非洲文学作品及非洲学者在政治学、社会学、哲学、人类学等领域的重要专著的汉译工作，在此过程中形成一个高效实干的学术团队，培养非洲人文社科领域的译介与研究人才，构建具有中国特色的非洲文学研究学术话语体系。

浙江师范大学非洲研究院
"非洲研究文库"

非洲大陆地域辽阔，国家众多，文化独特。近年来，中国与非洲国家的交往合作迅速扩大，中非关系的战略地位日益重要。目前，中非关系已超出双边关系的范畴而对世界产生多方面的影响，成为撬动中国与外部世界关系的一个支点。

浙江师范大学非洲研究院是国内高校首家成立的综合性非洲研究院，创建的目标在于建构一个开放的学术平台，聚集海内外学者及有志于非洲研究的后起之秀，开展长期而系统的研究工作，以学术服务于国家与社会。

"非洲研究文库"是浙江师范大学非洲研究院长期开展的一项基础性、公益性工作，秉承非洲研究院"非洲情怀，中国特色，全球视野"之治学理念，并遵循"学科建设与社会需求并重，学术追求与现实应用兼顾"之编纂原则，由国内外知名学者、相关人士组成编纂委员会，遴选非洲研究领域的重大重点课题，以国别和专题之形式，集为若干系列丛书逐步编撰出版，形成既有学科覆盖面与知识系统性，同时又重点突出各具特色的非洲研究基础成果，为中国非洲研究事业之进步，做添砖加瓦、铺路架桥之工作。